Alfonse Daudet

Die wunderbaren Abenteuer des Tartarin von Tarascon

Verone

Alfonse Daudet

Die wunderbaren Abenteuer des Tartarin von Tarascon

1st Edition | ISBN: 978-9-92500-116-3

Place of Publication: Nikosia, Cyprus

Erscheinungsjahr: 2016

TP Verone Publishing House Ltd.

Reproduktion des Originals in Großdruckschrift.

Alfonse Daudet

Die wunderbaren Abenteuer des Tartarin von Tarascon

Verone

Alfonse Daudet

Die wunderbaren Abenteuer des Tartarin von Tarascon

In Tarascon

En France, tout le monde
est un peu de Tarascon.

Der Garten des Baobab

Der erste Besuch, den ich Herrn Tartarin in Tarascon abstattete, war für mich ein Ereignis, das ich in meinem ganzen Leben nicht vergessen werde. Es sind seitdem zwölf bis fünfzehn Jahre vergangen, aber ich erinnere mich an alles noch so genau, als wäre es gestern gewesen. Der unerschrockene Tartarin wohnte damals ziemlich am äußersten Ende der Stadt, im dritten Hause linker Hand an der Straße, die nach Avignon führt. –Es war eine hübsche, kleine tarasconische Villa mit einem Vorgarten, einem Balkon auf der Rückseite, mit sehr weißen Mauern und grünen Fensterläden. Auf der Treppenstufe vor dem Eingange lagerte gewöhnlich eine ganze Bande kleiner Savoyarden, die ihre Zeit mit Murmelspielen totschlugen, oder auch, wenn die Sonne gar zu heiß schien, die Köpfe auf ihre Kasten mit Stiefelwichse lehnten und sanft und selig schlummerten.

Von außen hatte das Haus also gar nichts so Absonderliches und Außergewöhnliches und nach diesem äußern Eindrucke würde man auch niemals auf die Vermutung gekommen sein, vor der Wohnung eines Helden zu stehen.

Wenn man das Haus aber betrat – Himmel und die Welt! Wie sah es da aus!

Vom Keller bis zum Boden hatte das ganze Gebäude etwas Großes, Mächtiges, Heroisches; sogar der Garten war davon angehaucht!

Solch einen Garten wie den Tartarins gibt es überhaupt nicht zum zweiten Male in ganz Europa. Da war nicht ein inländischer Baum, nicht eine einheimische Pflanze, da gab's nur exotische Gewächse, Gummibäume, Flaschenkürbisse, Baumwollenpflanzen, Kokospalmen, Magnolien, Bananen, Fächerpalmen, einen Baobab, Feigenbäume, Kakteen – man hätte meinen mögen, man befinde sich mitten in Afrika, was von Tarascon bekanntlich so ungefähr zehntausend Wegstunden entfernt ist. Alle diese Bäume und Sträucher waren selbstredend hier nicht in natürlicher Größe zu sehen – so waren die Kokospalmen z. B. nicht größer, als es gemeiniglich die roten Rüben zu sein pflegen, und der Baobab, der doch schon zu den Riesenbäumen zählt, ging bequem in einen Resedatopf; aber das ist doch schließlich gleichgültig und auch völlig nebensächlich. Für Tarascon war es so, wie es nun einmal war, jedenfalls sehr hübsch, und die Leute aus der Stadt, die an Sonn- und Feiertagen die Ehre hatten, Tartarins Baobab zu betrachten, waren stets des höchsten Lobes voll und traten dann befriedigt und bewundernd wieder den Heimweg an. Man kann sich nun einigermaßen vorstellen, welch tiefes Gefühl der Bewunderung und des Staunens mich erfüllte, als es mir zum ersten Male vergönnt war, diesen Wundergarten zu durchwandern. Und dennoch wurde dieses Gefühl noch gesteigert, als ich das Kabinett des Helden betrat.

Dieses Kabinett, eine der Hauptsehenswürdigkeiten der Stadt, lag zum Garten hinaus; durch eine Glastüre genoss man den Anblick des Baobab.

Man denke sich einen ziemlich großen Raum, dessen Wände von oben bis unten mit Flinten und Säbeln bedeckt sind. Da sah man Waffen aller Zeiten und Länder, Karabiner, Rifles, Tromben, korsische Messer, Bowiemesser, Revolver, Dolche, malaiische Krise, karaibische Bogen, Speere, Totschläger, Keulen, mexikanische Lassos und viele andere ähnliche Dinge. Von oben fiel ein heller Sonnenstrahl auf alle die Waffen, sodass die Degenklingen und Gewehrläufe blitzten und blinkten und man eine Gänsehaut bekommen konnte; was einen jedoch wieder etwas beruhigte, war die Ordnung und Sauberkeit, die in diesem Privatzeughaus herrschte. Alles war geordnet und sorgsam geputzt, und etikettiert wie im Apothekerladen. Hier und da hing an einem Gegenstande ein kleiner Zettel, auf dem zu lesen war:

Vergiftete Pfeile! Nicht berühren!
Geladene Waffen! Vorsicht!

Wären derartige Warnungszettel nicht gewesen, man hätte sich nie und nimmer in diesen Raum gewagt.

Mitten im Kabinett stand ein kleiner Tisch. Auf ihm lagen eine Rumflasche, eine türkische Tabakspfeife, die »Reisen des Kapitän Cook«, die Cooperschen Romane, die Aimardschen Reiseschilderungen; dann viele Jagdbeschreibungen: Falkenjagden, Bärenjagden, Elefantenjagden usw. Vor dem Tischchen endlich saß ein Mann von vierzig bis fünfzig Jahren; er war klein, dick, untersetzt; sein Gesicht strotzte von Gesundheit, sein Bart war kurz, aber stark, seine Augen glühten und blitzten. Er saß in Hemdsärmeln da und trug wollenes Unterzeug; in der einen Hand hielt er ein Buch, mit der andern schwang er eine ungeheuer große Pfeife mit eisernem Deckel; er las irgendeine höchst wundersame Jagdgeschichte, hatte die Unterlippe vorgeschoben und machte ein schreckliches Gesicht, was seiner unscheinbaren Figur eines kleinen tarasconischen Rentiers denselben Anstrich ungefährlicher Wildheit gab, der im ganzen Hause herrschte.

Dieser Mann war Tartarin! Tartarin von Tarascon, der unerschrockene, der große, der unvergleichliche Tartarin von Tarascon!

Ein Blick auf die gute Stadt Tarascon und ihre Bewohner die Mützenjäger

Zu der Zeit, von der ich erzähle, war Tartarin von Tarascon noch nicht der Tartarin, der er heute ist, der große Tartarin von Tarascon, bekannt und geehrt im ganzen südlichen Frankreich. Nichtsdestoweniger war er aber auch schon damals sozusagen der König von Tarascon.

Wie diese hohe Würde auf sein erhabenes Haupt kam, werden wir gleich erfahren.

Da unten im Süden ist bekanntlich jedermann ein Jäger; vom Höchsten bis zum Geringsten ist das so, und es vererbt sich auch von Geschlecht auf Geschlecht.

An jedem Sonntagmorgen greift ganz Tarascon zum Schießgewehr und hinaus gehts vor die Tore, die Büchse um die Schulter gehängt, den Quersack auf dem Rücken, unter Hundegebell, Trompeten- und Jagdhorngeschmetter. Schade nur, dass eine Kleinigkeit fehlt, die sonst zum Jagen als unerlässlich betrachtet wird – das Wild nämlich; davon ist aber auch nicht die geringste Spur zu finden. Die Tiere sind von Haus aus dumm, das ist richtig; aber so dumm waren sie denn doch nicht, dass sie nicht mit der Zeit eingesehen hätten, wie wenig Gutes sie in dieser Gegend zu gewärtigen hatten.

Fünf Meilen im Umkreise von Tarascon sind die Waldungen verödet, die Nester und Höhlen leer und verlassen; nicht eine Amsel, nicht eine Wachtel, nicht das kleinste Kaninchen, auch nicht die lumpigste Bachstelze ist zurückgeblieben.

Man muss nun durchaus nicht glauben, dass die Umgebung von Tarascon reizlos und uninteressant wäre. O nein, im Gegenteil! Auf den kleinen Hügeln um die Stadt lagert der Duft der Myrten, des Lavendel und Rosmarin. Die süßen Muskatellertrauben, die da am Ufer der Rhone so herrlich gedeihen, sind auch ein höchst schätzbares und appetitliches Gut. Das ist also alles ganz gut und schön, nur was das kleine Getier angeht, das ein Fell auf dem Leibe oder Flügel und Federn hat, damit ist es in Tarascon sehr schlecht bestellt. Die Zugvögel sogar haben einen heiligen Respekt vor der Stadt; sie fliegen in einem großen Bogen um sie herum, und wenn die wilden Enten sich auf der Wanderung befinden und ihre Schwärme in Gestalt langgestreckter Dreiecke sich der Stadt nähern, dann ruft die vorderste, sobald sie nur die Kirchturmspitze sieht, so laut sie kann: »Tarascon! Da unten liegt Tarascon!« und der ganze Schwarm macht eine Schwenkung.

Kurz und gut – von alledem, was man als »Wild« bezeichnen kann, gibt es in jener Gegend einzig und allein einen alten Hasen, der wie durch ein Wunder den tarasconischen Metzeleien entgangen ist und in ganz unerklärlichem Eigensinn die Absicht kundgibt, hier bis an das Ende seiner Tage zu bleiben. In Tarascon ist der Hase allgemein bekannt; man hat ihm sogar einen Namen gegeben. Er heißt »Schnellfuß«. Man weiß auch, dass er sein Lager auf dem Grund und Boden des Herrn Bompard aufgeschlagen hat (was, nebenbei bemerkt, den Wert dieses Grundstücks verdoppelt, ja verdreifacht), aber man hat des durchtriebenen Tieres noch niemals habhaft werden können.

Daran soll sich übrigens bis zu dieser Stunde noch nichts geändert haben. Noch immer sollen zwei oder drei besonders Ausdauernde auf der Jagd nach diesem Hasen sein. Durch seine merkwürdige Zähigkeit ist »Schnellfuß« mit der Zeit Gegenstand fast abergläubischer Betrachtung geworden, obwohl die Tarasconesen sonst von Natur nicht gerade sehr zum Aberglauben neigen.

»Aber«, so wird man jetzt einwerfen, »wenn es in und um Tarascon wirklich gar so wenig Wild gibt, was macht denn die tarasconischen Jäger an jedem Sonntage?«

Ja, was machen sie eigentlich?

Nun, mein Gott, sie ziehen eben aufs Feld hinaus, so zwei bis drei Meilen von der Stadt. Dann teilt sich der große Schwarm in Gruppen von je fünf bis sechs Mann; diese lagern sich ruhig und seelenvergnügt im Schatten eines Ziehbrunnens, einer alten Mauer oder auch eines Olivenbaumes, ziehen ihre Quersäcke vor und packen ihre Vorräte aus. Der eine hat ein tüchtiges Stück Braten, der andere gibt die rohen Zwiebeln dazu; dieser hat Sardellen, jener eine Wurst – so wird denn in aller Gemütlichkeit gefrühstückt und die Kehle mit einem jener Weine aus dem Rhonegebiet angefeuchtet, die binnen Kurzem zum Lachen und Singen bringen.

Wenn man sich nun recht schön ausgeruht hat, dann erhebt sich die ganze Gesellschaft; man greift nach den Flinten, pfeift den Hunden und geht ernsthaft ans Jagen. Und das machen diese guten Leute folgendermaßen: Jeder Jäger nimmt seine Mütze ab, wirft sie in die Luft, und zwar so hoch er irgend kann – und feuert nun fünf, sechs Schüsse auf sie ab; manchmal werden's auch nur zwei, das kommt nun ganz auf den Schützen und seine Geschicklichkeit an. Wer seine Mütze am häufigsten getroffen hat, wird zum König der Jagd proklamiert und zieht abends im Triumphe in Tarascon ein. Er trägt die durchlöcherte Mütze auf der Mündung des Gewehrlaufes, blickt stolz um sich, die Leute jubeln, die Hunde bellen, die Hörner schmettern, die Freude ist riesengroß.

Es ist eigentlich überflüssig, noch besonders zu betonen, dass in der Stadt ein sehr schwunghafter Handel mit Jagdmützen betrieben wird. Es gibt sogar einige Fabrikanten, welche die Mützen gleich zerschossen und durchlöchert verkaufen, zum Vorteil für Schwindler. Es ist aber wirklich nicht hübsch, seine Genossen auf diese Weise betrügen zu wollen; ganz genau weiß man es eigentlich auch nur vom Apotheker Bezuquet, dass er eine solche Mütze im Laden gekauft hat.

Als Mützenjäger hatte Herr Tartarin nicht seinesgleichen. An jedem Sonntagmorgen zog er mit einer funkelnagelneuen Mütze zur Jagd hinaus, und an jedem Sonntagabend kam er mit einem alten formlosen Lappen voll Löcher wieder heim. Auf dem Boden des Häuschens mit dem Baobab befanden sich Hunderte solcher ruhmreichen Trophäen. Alle Tarasconesen erkannten ihn auch als ihren Herrn und Meister an, und da Tartarin mit der Jagdkunde sehr genau Bescheid wusste – er hatte ja alle Abhandlungen und alle Handbücher über alle möglichen Jagden gelesen, von der Mützenjagd bis zur Jagd auf birmanische Tiger, – so hatten ihn alle zu ihrem obersten Schiedsrichter in Jagddingen erwählt. Bei jeder Streitigkeit wurde sein Urteil angerufen.

An jedem Nachmittag von 4 bis 5 Uhr konnte man beim Waffenschmied Costecalde einen dicken Herrn sehen; er saß mit ernster Miene, die lange Pfeife im Munde, bequem auf einem grünen Ledersessel. Um ihn drängten sich die Mützenjäger; sie füllten den Laden, und draußen schlugen sich die übrigen, die keinen Einlass mehr finden konnten, um den Vortritt. Der Herr war Tartarin, der hier der Justizpflege oblag – zugleich ein Nimrod und ein Salomo.

Noch ein Blick auf das gute Tarascon

Mit der Jagdpassion verbinden die Leute von Tarascon noch eine andere Leidenschaft, nämlich die für Romanzen. Was in dem kleinen Neste und seiner Umgebung an Romanzen verbraucht wird, das ist kaum zu glauben.

Die Poeten können den Bedarf kaum decken. Die ältesten, abgesungensten Lieder, Balladen und Romanzen, die an allen anderen Orten auf ihrem schlechten Druckpapier vergilben und vermodern – hier stehen sie in höchstem Ansehen und in vollstem Glanze. Man kann sie hier alle finden, alle. Jede Familie hat nämlich ihre eigene Romanze, und die ganze Stadt weiß es auch ganz genau.

So ist zum Beispiel allgemein bekannt, dass die des Apothekers Bezuquet mit dem Verse beginnt:

»Dich bet' ich an, du heller Stern«;

die des Waffenschmiedes Costecalde:

»Willst du in das Hüttchen ziehen«;

und die des Registrators hat sogar einen neckischen Anflug, denn sie fängt so an:

»Ja, nähm' ich nicht Besuche an,
Dann könnt' man mich nicht sehn.«

Und so geht es bei allen Familien von Tarascon. Zwei- bis dreimal wöchentlich stattet man sich gegenseitig Besuche ab, und bei dieser Gelegenheit singt dann jeder »sein Lied«. Das Eigentümlichste dabei ist nun, dass es schließlich doch immer dieselben Leute sind, die dieselbe Romanze zum so und so vielten Male singen und dass trotzdem noch in keinem der Gedanke aufgestiegen ist, doch einmal mit dem lieben Nächsten zu tauschen. Das Lied gehört eben der Familie; es vererbt sich vom Vater auf den Sohn – es ist eine geheiligte Institution, und niemand wagt es, daran zu rütteln und zu rühren. Es ist auch noch niemals der Fall eingetreten, dass einer sich das Lied eines andern sozusagen ausgeborgt hätten Costecalde würde niemals wagen, auch nur leihweise die Romanze Bezuquets zu singen, ebenso wenig wie Bezuquet die Costecaldes. Seit mehr als vierzig Jahren singt jeder »sein« Lied, kennt jeder das des andern – aber jeder hütet auch eifersüchtig seinen Besitz, und damit ist alle Welt zufrieden und befindet sich dem Anscheine nach auch ganz wohl dabei.

Tonangebend war, ganz ebenso wie bei dem Mützenjagen, auch bei dem Romanzensingen unser lieber Freund Tartarin. Diese Oberhoheit wurde durch nichts klarer ausgedrückt, als durch den Umstand, dass Tartarin nicht »sein eigenes« Lied hatte, sondern dass er über alle verfügen durfte. Über alle ohne Ausnahme.

Er verfügte über sie; aber ihn nun auch zum Singen zu bewegen, das war eine verteufelt schwere Sache. Auf die Ehre, der Löwe der Salons zu sein, hatte der Held von Tarascon längst verzichtet. Er saß viel lieber über seinen Jagdbüchern, als dass er einer Soiree beiwohnte und den liebenswürdigen Schwerenöter spielte vor einem Pianino aus Nimes und zwischen zwei nicht besonders hell brennenden Lichtern aus Tarascon. Die musikalischen Schaustellungen erschienen ihm überhaupt unter seiner Würde. Nur manchmal, wenn nämlich gerade beim Apotheker Bezuquet musiziert wurde, trat er wie zufällig ein, und wenn er sich dann lange genug mit Bitten hatte bestürmen lassen, willigte er endlich ein, das große Duett aus »Robert der Teufel« zu singen, und zwar gemeinschaftlich mit Madame Bezuquet.

Wer das nicht gehört hat, hat überhaupt noch nichts gehört. Was mich betrifft, so kann ich versichern, dass ich niemals, und wenn ich hundert Jahre alt werden sollte, vergessen werde, wie der große Tartarin im feierlichen Schritte sich dem Klavier näherte, mit dem einen Arme sich auf das Instrument stützte und den Mund verzog, um, beim fahlen Lichte des grünen Lampenschirms, seinem so überaus gutmütigen Gesicht den Ausdruck satanischer Bosheit zu geben, wie man ihn bei Robert dem Teufel nun einmal erwartet.

Kaum hatte er sich in Positur gestellt, so durchschauerte es alle im Salon Anwesenden; jeder fühlte, dass sich hier etwas Großes ereignen würde. Nach einer kleinen Pause begann nun Madame Bezuquet, sich selbst auf dem Klavier begleitend:

»Robert, du, den ich liebe,
Und dem ich Treue schwor,
Du siehst meine Angst (diese Zeile wurde wiederholt)
O Gnade für dich
Und auch für mich!«

Mit leiser Stimme sagte sie dann: »Tartarin, jetzt sind Sie dran«, und nun streckte Tartarin die Hand aus, ballte die Faust, schnaubte wie im höchsten Zorn und donnerte dann dreimal mit furchtbarer Stimme und unter Klavierbegleitung: »Nein! Nein! Nein!«, was sich aber bei seiner Aussprache im Dialekt des Südländers anhörte wie: »Na! Na! Na!«

Madame Bezuquet begann dann wieder:

»O Gnade für dich
Und auch für mich!«

»Na! Na! Na!« brüllte Tartarin nochmals, so schön er konnte – und damit war die Geschichte aus. Man sieht, sehr lange dauerte die Produktion nicht, aber es war so erschütternd, so ergreifend, das Mienenspiel war so trefflich, die teuflische Natur so genau gekennzeichnet, dass es alle Leute in der Apotheke kalt überlief und dass der Biedermann sein »Na! Na!« immer vier- bis fünfmal hintereinander zum Besten geben musste.

Wenn das geschehen war, trocknete sich Tartarin die Stirne, lächelte den Damen anmutig zu, blinzelte mit den Augen verständnisinnig zu den Herren hinüber und entzog sich allen weiteren Dankesbezeugungen.

Er ging in den Klub zu seinen Jagdgenossen und warf dort so nebenbei die Bemerkung hin: »Eben komme ich von Bezuquet, ich habe dort wieder einmal das Duett aus »Robert der Teufel« gesungen.« Und das Tollste bei dieser Geschichte war, dass er es wirklich steif und fest glaubte.

Sie!

Diesen verschiedenen Talenten hatte Tartarin es also zu verdanken, dass er in Tarascon eine so hervorragende gesellschaftliche Stellung einnahm.

Es ist wirklich bewundernswert, wie der gute Mann die ganze Stadt für sich einzunehmen gewusst hatte.

Die Militärmacht von Tarascon hatte Tartarin auf seiner Seite. Der tapfere Kommandant Bravida, der früher im Montierungsdepot Dienste getan hatte, sagte von ihm: »Er ist ein Karnickel!« Und der Kommandant musste sich doch darauf verstehen, sintemal ihm in seiner früheren Stellung doch derartiges genug unter die Hände gekommen war.

Die Beamtenwelt war für Tartarin. Zwei- oder gar dreimal hatte der alte Präsident Ladeveze in öffentlicher Sitzung erklärt: »Er ist ein Charakter!«

Das Volk endlich war ebenfalls für Tartarin. Seine Gestalt, sein Gang, sein ganzes Wesen, sein sicheres, zuversichtliches, unerschrockenes und unerschütterliches Wesen, sein Ruf als Held, zu dem er gekommen war, er wusste eigentlich selbst nicht wie, die Tatsache, dass er einige Mal den kleinen Schuhputzern, die vor seinem Hause ihr Geschäft etabliert hatten, einige Geldstücke geschenkt und sie gemütlich am Ohr gezaust hatte – das alles machte ihn zum Beherrscher der Stadt und Umgebung, zum König auf den Gassen von Tarascon. Wenn Tartarin am Sonntagabend von der Jagd heimkehrte, die durchlöcherte Mütze auf dem Gewehrlaufe, gut eingehüllt in seine baumwollenen Jacken und Westen, dann verbeugten sich die auf den Quais der Rhone herumbummelnden Lastträger respektvollst. Dabei blickten sie auf die mächtig gewölbten, riesenhaften Muskeln ihrer eigenen Oberarme; dann aber warfen sie einen Seitenblick auf jenen und flüsterten einander voll Bewunderung zu:

»Der da ist aber erst stark! Der hat Doppelmuskeln!«

Doppelmuskeln! Man denke!

Ja, darauf versteht man sich eben nur in Tarascon.

Doch trotz alledem, trotz seiner vielseitigem Talente, trotz seiner Doppelmuskeln, trotz seiner Popularität und der gar nicht genug hochzuschätzenden Gunst des tapferen Kommandanten Bravida, der früher im Montierungsdepot Dienste getan hatte, war Tartarin nicht glücklich. Das Leben in der kleinen Stadt genügte ihm durchaus nicht, die Luft daselbst erschien ihm drückend, und oft glaubte er, ersticken zu müssen. Der große Mann von Tarascon langweilte sich in ebendiesem Tarascon. Und wenn man nur einigermaßen billig urteilt, wird man zugeben müssen, dass für eine so heroische Natur wie die seinige, für seine nach Abenteuern dürstende Seele, die nur von großen Schlachten träumte, von Ritten in den Pampas, von gefährlichen Jagden, von Wüstenstürmen, von Orkanen und Tyfons – dass es einem solchen Menschen wirklich schwer werden musste, sich damit zu begnügen, an jedem Sonntage auf die Mützenjagd zu gehen und im Übrigen beim Waffenschmied Costecalde dem Jagdgerichte zu präsidieren. Armer, großer Mann! Auf die Dauer musste ihn diese Beschäftigung mit kleinlichen Dingen ja vollständig aufreiben.

Vergeblich waren alle seine Versuche, sich in das Getriebe der großen und wilden Welt hinein zu versetzen, wenn auch nur mithilfe der eigenen Fantasie, und das engumgrenzte Gebiet seiner Heimat dabei zu vergessen; vergeblich schaffte er sich den schon erwähnten Baobab an, vergeblich umgab er sich mit vielen anderen Erzeugnissen der üppigen afrikanischen Vegetation, vergebens häufte er Waffen auf Waffen, tat er neue malayische Krise zu den alten schon vorhandenen; vergebens war es auch, dass er sich in die Lektüre romantischer Erzählungen vertiefte oder dass er versuchte, sich gleich dem unsterblichen Don Quijote durch die Stärke seiner

Einbildungskraft der ihn umgebenden schalen Wirklichkeit zu entziehen, die ihn wie mit Geierkrallen gepackt hatte und fest hielt. Gerade das, was dazu dienen sollte, seine Sucht nach Abenteuern zu stillen, fachte sie immer von Neuem und immer noch heftiger an. Beim Beschauen seiner Waffensammlung geriet er in einen Zustand von Erregung und Heftigkeit, der manchmal besorgniserregend wurde. Seine Gewehre, seine Bogen, seine Lassos, sie alle schienen ihm unaufhörlich zuzurufen: »Auf zum Kampf! Zum Kampf!« Wenn der Wind in den Zweigen seines Baobab spielte und es leise rauschte, dann flüsterte ihm eine geheimnisvolle Stimme von großen Reisen zu und gab ihm schlimme Ratschläge. Dazu kam noch die stete Lektüre der Werke von Gustav Aimard, Fenimore Cooper ...

Oh, mehr als einmal ist es an schwülen Sommernachmittagen passiert, dass Tartarin, wenn er so recht lange in seinem Privatzeughaus gesessen und gelesen hatte, plötzlich aufsprang, das Buch auf den Boden warf und laut brüllend und schreiend irgendeine Waffe von der Wand riss und damit wild herumfuchtelte.

Der arme Mensch hatte dann eben auf Augenblicke vergessen, dass er sich in dem friedlichen Tarascon befand, dass er eine seidene Mütze auf dem Kopfe trug und ihm die Kleider bequem und angenehm auf dem Leibe saßen. Das, was er gelesen hatte, glaubte er in Wirklichkeit zu erleben; der Ton seiner eigenen Stimme brachte ihn in immer noch größere Erregung. So schwang er denn einen Speer oder einen Tomahawk über dem Kopfe und schrie:

»So, jetzt sollen sie nur kommen!«

»Sie«? Wer sind »sie«?

Ja, das hätte Tartarin so ganz genau selbst nicht sagen können. »Sie« – damit waren einfach alle Angreifer, alle Gegner gemeint, alles, was haut, sticht, beißt, was skalpiert, ein Kriegsgeschrei ausstößt – kurz, was sich als Gegner der Zivilisation zu erkennen gibt. »Sie« – das waren die Sioux-Indianer, die ihre Siegestänze um den Marterpfahl ausführen, an den das unglückliche Bleichgesicht gebunden ist.

»Sie« – das waren die grauen Bären des Felsengebirges, die schwerfällig einhertappen und sich die Seiten mit den Zungen lecken, die noch ganz rot sind vom frisch genossenen Blut.

»Sie« – das waren auch die Beduinenstämme der Wüste, die malayischen Seeräuber, die Banditen aus den Abruzzen. »Sie«, das waren mit einem Worte »sie«, das heißt: Kampf, Reisen, Abenteuer, Ruhm und so weiter, usw. Aber ach! Der unerschrockene Tarasconese mochte »sie« noch so laut herbeirufen, er mochte »sie« schmähen so viel er wollte – »sie« wollten niemals kommen. Zum Teufel auch! Was hätten sie denn wohl in Tarascon anfangen sollen?

Tartarin aber gab dennoch die Hoffnung nicht auf, den so lange und so innig Herbeigesehnten einmal persönlich gegenüberzustehen. Ganz besonders erwartete er »sie« zu treffen, wenn er sich des Abends nach seinem Klub begab.

Wie Herr Tartarin seinen Club besucht

Die Tempelherren trafen ihre Vorbereitungen, wenn sie einen Ausfall gegen die Ungläubigen machen wollten, die sie belagerten; die chinesischen Krieger bereiten sich auf ihre ganz eigentümliche Weise zum Kampfe vor; der rothäutige Comanche trifft seine besonderen Vorkehrungen, wenn er sich auf den Kriegspfad begibt - das alles zusammengenommen will aber gar nichts heißen gegen die Art und Weise, wie sich Herr Tartarin aus Tarascon von Kopf bis Fuß ausrüstete, wenn er sich um neun Uhr des Abends in seinen Klub begab - eine Stunde, nachdem die langgezogenen Töne der Retraite verhallt waren. Alles klar zum Gefecht - so pflegen es die Matrosen zu nennen.

In der linken Hand trug Tartarin eine Keule mit eisernen Spitzen, einen echten alten Morgenstern, in der rechten einen Stockdegen, in der linken Tasche einen Schlagring, in der rechten einen Revolver. Auf der Brust blitzte, zwischen der Weste und der wollenen Binde, ein malayischer Kris. Einen Bogen und vergiftete Pfeile führte er übrigens niemals bei sich, was besonders anerkannt zu werden verdient; für einen tapferen Mann, der seinem Gegner kühn entgegenzutreten willens ist, ziemen sich solche Waffen nicht.

In der Stille und Dunkelheit seines Zimmers machte er, bevor er sich auf die Wanderschaft begab, einige leichte Übungen. Er zog den Degen, legte aus und schlug ein paar Mal in die Luft; dann schoss er ein paar Kugeln gegen die Wände ab und ließ schließlich seine Muskeln spielen, um sich vom Vorhandensein der eigenen Körperkraft zu überzeugen. War er mit diesen Vorbereitungen zufrieden, so nahm er seinen Hausschlüssel und ging langsam und bedächtig quer durch den Garten. Aber immer hübsch langsam, sich nur nicht beeilen – immer vorsichtig, wie die Engländer, das ist die einzig richtige Methode. An der Gartenmauer angelangt, wartete er einen Augenblick und öffnete dann die breite eiserne Türe; er stieß sie schnell, heftig, mit einem gewaltigen Ruck auf, sodass sie außerhalb des Gartens an die Mauer anschlug. Wenn »sie« sich etwa hinter ihr versteckt gehalten hätten, »sie« wären unfehlbar zu Brei gequetscht worden. Unglücklicherweise hatten »sie« sich aber niemals dahinter versteckt.

Nun war die Türe offen und Tartarin trat hinaus; schnell warf er noch einen Blick nach rechts und links, warf dann geschwind die Türe ins Schloss und drehte den Schlüssel zweimal um. Nun befand er sich auf der Straße.

Auf der Chaussee nach Avignon war um diese späte Stunde gewöhnlich auch nicht eine Katze sichtbar. Die Häuser waren geschlossen, die Lichter hinter den Fenstern ausgelöscht. Rings alles still und dunkel, nur ganz vereinzelt standen die Straßenlaternen, und auch deren Licht vermochte kaum durch den dichten, aus der Rhone aufsteigenden Nebel hindurchzudringen.

Stolz und würdevoll ging nun Herr Tartarin in die Nacht hinaus, trat kräftig auf, sodass seine Schritte in schönstem Takte durch die stillen Straßen hallten und schlug von Zeit zu Zeit mit der eisernen Spitze seines Stockes, in dem der Degen nur lose saß, auf die Pflastersteine, dass die Funken stoben. Ob er nun durch Straßen, durch Gassen oder Gässchen ging, immer nahm er seinen Weg hübsch in der Mitte des Fahrdammes. Das ist eine ausgezeichnete, gar nicht genug zu empfehlende Maßregel der Vorsicht; man bemerkt beizeiten die drohende Gefahr und vermeidet so allerhand merkwürdige Dinge, die in den Straßen von Tarascon des Abends manchmal zum Fenster herausfallen. Man sieht also, es war pure Vorsicht, was Tartarin bewog, sich von den Häuserreihen entfernt zu halten; Vorsicht, und nicht etwa Furcht.

Als bester Beweis dafür, dass Tartarin keine Furcht kannte, mag gelten, dass er bei der Heimkehr aus dem Klub nicht etwa so schnell er irgend konnte nach Hause lief, sondern dass er ruhig und unerschrocken durch die Stadt ging, durch ein Gewirr kleiner, stockdunkler Gässchen, an deren Ende man die Rhone unheimlich blinken sah. Der Ärmste hoffte, wenigstens auf dem Rückwege einen von jenen Beutelschneidern und Mordgesellen zu begegnen; er glaubte bei jedem Schritte, jetzt würden »sie« aus dem tiefen Schatten plötzlich auftauchen und ihn von hinten anzufallen suchen. Oh, »sie« würden hübsch empfangen werden, das war sicher. Aber ein tückisches Geschick fügte es, dass Herr Tartarin niemals, absolut niemals das Glück hatte, mit dem Gesindel zusammenzutreffen. Kein Trunkenbold, kein Hund stellte sich ihm in den Weg. Nichts! Es war zum Verzweifeln.

Einmal glaubte er seiner Sache sicher zu sein und sein Sehnen erfüllt zu sehen; es war aber blinder Lärm. Er hörte das Geräusch von Schritten und flüsternde Stimmen. Tartarin stand wie angedonnert. »Aufgepasst!«, sagte er zu sich selbst. Er stellte sich zuerst so, dass sein Schatten ihn nicht verraten konnte und der Wind nicht von ihm zu jenen hinblies, dann legte er das Ohr an den

Erdboden, um genau zu hören; das alles waren Kunstgriffe, die er in den Indianergeschichten gefunden und sich wohl eingeprägt hatte.

Die Schritte nähern sich, die Stimmen werden immer lauter, schon lassen sie sich deutlich voneinander unterscheiden, kein Zweifel: »Sie« kommen, »sie« sind schon da. Tartarins Auge blitzte, seine Brust hob und senkte sich stürmisch; schon kauert er sich nieder wie ein Jaguar, der zum Sprunge ansetzt, schon will er sein lange eingeübtes Kriegsgeschrei ausstoßen – da tauchen die Gestalten aus dem tiefen Schatten auf, und zugleich hört er sich in aller Gemütlichkeit im echten unverfälschten tarasconischen Dialekt anrufen:

»Sieh da! Da steht ja Tartarin! Guten Abend, Tartarin, und gute Nacht!«

Verdammt! Das war der Apotheker Bezuquet, der in Begleitung seiner Familie von Costecalde kam, wo er »sein Lied« gesungen hatte.

»Guten Abend! Guten Abend!« brummte Tartarin, wütend über das Zunichtewerden seiner Hoffnungen und Träume. Grimm im Herzen und den Spazierstock über dem Haupte schwingend, verschwand er im Dunkel.

Wenn er vor dem Hause angelangt war, in dem der Klub sein Versammlungslokal hatte, pflegte der mutige Tarasconese, bevor er eintrat, noch ein Bisschen vor der Türe auf und ab zu spazieren. Schließlich wurde er jedoch müde, noch länger auf »sie« zu warten; es wurde ihm zur Gewissheit, dass sie auch heute wieder sich ihm nicht zu zeigen wagten.

Noch einen letzten Blick voll Verachtung warf er in die dunkle Nacht und murmelte dann mit hörbarer Erregung:

»Also nichts! Nichts! Und wieder nichts!«

Darauf trat der Biedermann in das Lokal und begann mit seinem Freunde, dem Kommandanten, ein Spielchen.

Die beiden Tartarins Merkwürdiges Zwiegespräch zwischen Tartarin-Quijote und Tartarin-Sancho

Wie war es eigentlich zugegangen, dass bei solcher Sucht nach Abenteuern, bei solchem Verlangen nach mächtigen Erregungen, bei solcher Lust zum Reisen, zum Jagen, zum Herumstreifen Tartarin von Tarascon noch niemals aus Tarascon herausgekommen war?

Denn das ist eine nachgewiesene Tatsache – bis zu seinem fünfundvierzigsten Lebensjahre hatte der mutige Tarasconese auch nicht eine einzige Nacht außerhalb seiner Geburts- und Heimatsstätte zugebracht. Er hatte nicht einmal jene berühmte Reise nach Marseille gemacht, zu der jeder Südfranzose sich gewissermaßen verpflichtet fühlt, sobald er großjährig geworden ist.

Es wäre doch zum Mindesten zu erwarten gewesen, dass er schon einmal in seinem Leben in Beaucaire war, denn Beaucaire ist ganz dicht bei Tarascon – man braucht nur über die Brücke zu gehen. Aber der Teufel soll einer Brücke trauen! Jene nach Beaucaire wurde schon einige Mal durch Orkane fast zerstört, auch ist sie so lang, und so gebrechlich, die Rhone ist so tief an dieser Stelle – nun – es ist also leicht zu begreifen ...

Tartarin war nun einmal ein Freund des Festlandes.

Ferner muss noch eine besondere Eigentümlichkeit bei unserem Helden erwähnt werden: Es machten sich bei ihm stets zwei einander ganz entgegengesetzte Triebe geltend. »Zwei Seelen wohnen, ach, in meiner Brust«, sagte einmal ein Dichter. Das war so recht der Fall bei unserem lieben Tartarin.

Der große Tarasconese trug, das werden meine Leser sicher schon längst gemerkt haben, die Seele Don Quijotes in sich. Er hatte dieselben ritterlichen Neigungen, dasselbe heldenhafte Ideal, dieselbe außerordentliche, fast komische Begeisterung für das Romantische, Grandiose und Ungewöhnliche wie jener irrende Ritter. Unglücklicherweise besaß er aber nicht auch den Körper des berühmten Hidalgo, nicht dieses lange, knochige, skelettartige Gestell, das man kaum noch als Körper bezeichnen kann, und das so wenig beeinflusst wurde von den Bedürfnissen des alltäglichen Lebens, dass es an einer Handvoll Reis auf vierundzwanzig Stunden genug hatte, und dass es zwanzig Nächte lang den Kürass angeschnallt behielt.

Ganz im Gegenteil hierzu war der Körper Tartarins der Körper eines echten Biedermanns, sehr dick, sehr breit, sehr empfindlich für äußere Einflüsse, sehr verweichlicht und verwöhnt, ein Körper, der an gut bürgerliche Kost gewöhnt war, wie an alle Behaglichkeiten des eigenen Herdes; mit einem Worte, der kurze und dicke Leib des unsterblichen Sancho Pansa.

Don Quijote und Sancho Pansa in einer Person! Man kann sich leicht denken, was das für eine Wirtschaft werden musste, welche Seelenkämpfe, welche Selbstvorwürfe es da gab.

Oh, da hätten Lucien oder Saint-Evremond eine schöne Gelegenheit gehabt, einen ihrer reizenden Dialoge zu schreiben – einen Dialog zwischen den beiden Tartarins, zwischen Tartarin-Quijote und Tartarin-Sancho.

Tartarin-Quijote begeisterte sich an den Erzählungen von Gustav Aimard und rief: »Ich reise!«

Tartarin-Sancho jedoch dachte nur daran, dass man sich auf Reisen sehr leicht erkältet und sagte deshalb: »Ich bleibe!«

Tartarin-Quijote, feurig:

»Bedecke dich mit Ruhm, Tartarin!«

Tartarin-Sancho, sehr bedächtig:

»Tartarin, bedecke dich lieber mit Flanell.«

Tartarin-Quijote, immer enthusiastischer:

»O die prächtigen Doppelflinten! Die Dolche, die Lassos, die Mokassins!«

Tartarin-Sancho, immer bedächtiger:

»O die warmen Unterjacken! Die feinen Pulswärmer! Die schönen Ohrenklappen!«

Tartarin-Quijote, außer sich vor Begeisterung:

»Eine Axt! Man bringe mir eine Axt!«

Tartarin-Sancho, klingelt nach der Köchin:

»Jeannette, bringen Sie meine Schokolade!«

Schließlich war dann immer Jeanette erschienen, hatte die gewünschte Schokolade gebracht – ah, die war so hübsch heiß, sah so appetitlich aus und duftete so lieblich – und auch einige Aniskuchen. Damit stopfte dann Tartarin-Sancho dem Tartarin-Quijote den Mund.

Und so war es gekommen, dass Tartarin von Tarascon noch niemals Tarascon verlassen hatte.

Die Europäer in Shanghai – Der Großhandel – Die Tataren – Ist Herr Tartarin etwa ein Lügner – Eine wunderbare Erscheinung

Einmal jedoch hätte Tartarin beinahe eine Reise machen müssen, und zwar eine wirklich große Reise.

Die drei Gebrüder Garcio-Camus, die aus Tarascon ausgewandert waren und sich in Schanghai niedergelassen hatten, boten ihm nämlich die Leitung eines ihrer Bureaus da hinten in Asien an. Da hätte er nun ein Leben in Aussicht gehabt, wie er es sich bisher so lange und so vergeblich ersehnt: wichtige Geschäfte und interessante Erlebnisse; das Kommando über ein ganzes Heer von Untergebenen, Verbindung mit Russland, Persien, Kleinasien und endlich auch der Großhandel an sich.

Im Munde Tartarins erschien das Wort »Großhandel« schon von einer Wichtigkeit, einer Bedeutung ...

Jene Filiale des Hauses Garcio-Camus hatte außer diesen Vorzügen noch die Annehmlichkeit, dass sie von Zeit zu Zeit von wilden tatarischen Völkerstämmen überfallen wurde. Dann wurden schnell alle Türen verrammelt, alle Angestellten griffen zu den Waffen, man hisste die Konsulatsflagge, und dann gings piff, paff aus den Fenstern auf die Tataren.

Dass Tartarin-Quijote den ihm gemachten Vorschlag mit größtem Enthusiasmus annahm, braucht eigentlich nicht erst besonders erwähnt zu werden. Aber unglücklicherweise hörte Tartarin-Sancho die Sache mit anderen Ohren an; er machte ungezählte Einwürfe, ließ sich auch von allen Gegenreden nicht überzeugen, und weil er sich somit als der Stärkere gezeigt hatte, wurde aus der Sache nichts, und Tartarin blieb im Lande.

In der Stadt hatte diese Angelegenheit natürlich berechtigtes Aufsehen gemacht, und sie wurde überall eifrigst diskutiert. Wird er gehen? Wird er nicht gehen? Wir wollen wetten! Nein, wir wollen doch lieber nicht wetten! ... Die Sache war ein wichtiges Ereignis geworden.

Schließlich reiste Tartarin, wie gesagt, nicht ab, aber sein Ruhm war nur noch gewachsen, denn schon das bloße Angebot war doch eine höchst ehrenvolle Auszeichnung, die auch von den Mitbürgern anerkannt wurde. Und ob einer nach Schanghai hatte gehen wollen oder ob er wirklich gegangen war, das ist doch schließlich ein und dasselbe – so sagten wenigstens die guten Tarasconesen.

Es war so lange, so viel und so oft über Tartarins beabsichtigte Reise gesprochen worden, dass sie schließlich etwas Legendäres bekam. Viele glaubten allen Ernstes, er wäre dort gewesen und sei erst jüngst zurückgekehrt, und wenn sich die Herren abends im Klub trafen, dann wurde Tartarin häufig um allerlei Auskünfte über das

Leben in Schanghai gebeten, über die Sitten, über das Klima, den Opiumverbrauch und den Großhandel.

Tartarin, der durch vielerlei Lektüre auf diesem Gebiete sehr unterrichtet war, gab mit größter Zuvorkommenheit jede nur erwünschte Auskunft, und das Ende vom Liede war, dass der Biedermann selbst nicht mehr recht wusste, dass er nicht in Schanghai gewesen war. So erzählte er denn auch mehr als hundertmal den Angriff der Tataren: Seine Geschichte schloss regelmäßig mit den Worten: »Und nun ließ ich alle meine Angestellten bewaffnen, hisste die Konsulatsflagge, und dann ging's piff, paff aus den Fenstern auf die Tataren.« Staunend hörte der Klub die Erzählung an, und jeden überlief es kalt bei der Schilderung des Kampfes.

Nun möchte wohl so mancher meiner Leser einwerfen: »Dann war ja dieser Herr Tartarin ein ganz abscheulicher Lügner.«

O nein! Tartarin war durchaus kein Lügner.

»Aber er musste doch recht wohl wissen, dass er niemals nach Schanghai gereist war.«

Nun ja, das wusste er allerdings. Und dennoch ...

Ich will das näher zu erklären versuchen.

Es ist wirklich an der Zeit, sich ein für alle Mal darüber zu verständigen, dass die Bewohner der nördlichen Länder denen der südlich gelegenen ganz mit Unrecht den Vorwurf machen, sie seien alle zusammen Lügner. Es gibt keine Lügner im Süden, weder in Marseille noch in Nimes, weder in Toulouse noch in Tarascon. Der Südländer lügt eben nicht, er – irrt sich nur; er ist stets in einer eigentümlichen Selbsttäuschung befangen. Er sagt nicht immer die Wahrheit, das ist richtig - aber er glaubt doch immer, dass er sie sagt.

Die Lüge des Südländers ist keine Lüge, wenigstens ist sie nicht das, was man für gewöhnlich mit diesem Worte bezeichnet, sondern sie ist eine ganz merkwürdige Erscheinung.

Ja, ein merkwürdiges Etwas! Und wer mich nicht ganz versteht oder wer sich von der Richtigkeit meiner Behauptung überzeugen will, der gehe einmal nach dem Süden. Er wird sein Wunder erleben. Er wird den Dämon dieses Landes kennenlernen, in dem die Sonne alle Gegenstände so eigentümlich beleuchtet, dass sie in ganz anderen Dimensionen erscheinen, als sie in Wirklichkeit haben. Die kleinen Hügel der Provence, die nicht höher sind als der Montmartre, werden ihm als riesig hohe Bergzüge erscheinen. Die Maison carrée in Nimes, die auf dem Nippestisch Platz zu haben scheint, kommt ihm so groß vor, wie Notre-Dame in Paris.

Der Beschauer wird auch entdecken, dass der einzige südländische Lügner, wenn überhaupt von einem solchen die Rede sein kann, die - Sonne ist. Alles, worauf ihre Strahlen fallen, verändert und vergrößert sie. Was war denn Sparta zur Zeit seines höchsten Glanzes und Ruhmes? Ein Marktflecken. Und was war Athen? Höchstens das, was man heute als kleines Landstädtchen bezeichnet. Und doch erscheinen sie uns in der griechischen Geschichte als Großstädte. Die Sonne hat's gemacht.

Wird es einem meiner Leser nun noch sonderbar erschienen, dass diese selbe Sonne des Südens, die ja auch

Tarascon mit ihren Strahlen traf, einen Mann wie Bravida, den tapferen Kommandanten Bravida, der früher im Montierungsdepot Dienste getan hatte, so irreführen konnte, dass er eine Stockrübe für einen Baobab hielt?

Und so war es denn auch gekommen, dass Bravidas Freund, der einmal nach Schanghai hatte reisen sollen, sich einbildete, wirklich dort gewesen zu sein.

Mitaines Menagerie – Ein Löwe aus dem Atlas in Tarascon – Ein schreckliches und dabei großartiges Zusammentreffen

Nachdem wir nun Herrn Tartarin von Tarascon in seinem Privatleben geschildert haben, bevor die Göttin des Ruhmes seine Stirne mit dem Weihekusse berührt und ihm den unvergänglichen Ehrenkranz aufs Haupt gedrückt hat, – jetzt, nachdem der geneigte Leser das Leben des Helden in seiner bescheidenen Umgebung kennengelernt hat, mit allen seinen Freuden und Schmerzen, seinen Träumen, Hoffnungen und Wünschen, wollen wir zur Schilderung der glanzvollsten Momente seines Lebens eilen, und so berichten wir denn jenes eigentümliche Ereignis, welches den Anlass gab, dass er sich aufschwang zu niegeahnter Größe und Höhe.

Eines schönen Abends waren mehrere Bewohner der lieben Stadt Tarascon im Laden des Waffenschmiedes Costecalde beisammen. Herr Tartarin zeigte eben einigen Freunden, die sich dafür interessierten, ein Hinterladergewehr, das damals noch etwas Neues war; er setzte ihnen lang und breit die Vorzüge dieser Waffe im Hinblick auf die der bisher üblichen Systeme auseinander, als plötzlich die Türe aufgerissen wurde, und ein

Mützenjäger in den Laden stürmte, als sei der höllische Feind ihm auf den Fersen.

»Ein Löwe! Ein Löwe!« schrie er.

Furchtbarer Schreck und höchstes Entsetzen malte sich sofort in aller Zügen. Tartarin ließ die Waffe aus der Hand fallen, Costecalde schloss eiligst die Ladentüre. Man drängt sich um den Jäger, man befragt, man bittet, man beschwört ihn und erfährt endlich den Zusammenhang:

Der Tierbändiger Mitaine war mit seiner Menagerie vom Jahrmarkt zu Beaucaire nach Tarascon gekommen, um einige Tage in dieser Stadt zu bleiben; er hatte seine Bude auf dem Schlossplatz aufgeschlagen und seine Käfige aufgestellt, die mehrere Schlangen, Krokodile, und auch einen prächtigen Löwen aus dem Atlasgebirge beherbergten.

Ein Löwe aus dem Atlas in Tarascon! So etwas war ja seit Menschengedenken nicht da gewesen. Die biederen Mützenjäger sahen, als sie diese Kunde vernahmen, noch einmal so kühn und stolz wie sonst darein; ihre männlich schönen Gesichter strahlten ordentlich vor Genugtuung und Befriedigung, denn das Ereignis ging sie, als die Männer von der Gilde, doch am meisten an. In allen Ecken des Costecaldeschen Ladens wurden schweigend Händedrücke ausgetauscht – jeder verstand den andern. Die Bewegung war so groß, sie war über alle so unerwartet und mächtig gekommen, dass niemand sich fand, der ihr mit Worten hätte Ausdruck geben können.

Selbst Tartarin nicht. Bleich und zitternd vor Aufregung stand er jetzt, das Hinterladergewehr krampfhaft mit den Händen umschließend, kerzengerade vor dem Ladentisch und starrte träumerisch vor sich hin. Ein Löwe aus dem Atlas! Da, ganz dicht bei ihm, in zwei Schritten zu erreichen! Ein Löwe – das will sagen, das gewaltigste und mächtigste Tier, das auf Erden wandelt; der König der Tiere, das Bild seiner Träume, das erste in der Wirklichkeit erscheinende von jenen Geschöpfen, mit denen bisher nur seine Fantasie alles ringsumher bevölkert hatte – das war nun vorhanden.

Ein Löwe, heilige Götter!

Und noch dazu einer aus dem Atlas!!! Das war mehr, als der gute Tartarin sich jemals hatte träumen lassen.

Das Blut schoss ihm plötzlich zu Kopfe. Seine Augen flammten, sein ganzes Gesicht glühte. Er warf mit einer entschiedenen Bewegung das Hinterladergewehr um die Achsel, wandte sich zu dem tapferen Kommandanten Bravida, der früher im Montierungsdepot Dienste getan hatte, und rief ihm mit Donnerstimme zu:

»Vorwärts, Kommandant! Wir wollen ihn sehen!«

»Heda, mein Gewehr! Sie nehmen ja mein neues Hinterladergewehr mit!« rief der stets vorsichtige und kluge Costecalde dem Forteilenden nach. Tartarin jedoch war schon auf der anderen Seite der Straße und hinter ihm marschierten alle Mützenjäger, die stolzen und zuversichtlichen Blicke auf den Führer gerichtet.

Als sie auf dem Platze anlangten, wo die Menagerie etabliert war, fanden sie schon eine große Zuschauermenge versammelt. Die Tarasconesen sind von Hause aus ein mutiger und tüchtiger Menschenschlag; nun hatten sie aber seit langer Zeit kein einigermaßen interessantes und die Nerven erregendes Schauspiel gehabt. So hatten sie denn mit lobenswertem Eifer die neue Gelegenheit benutzt, waren in Scharen zu Mitaines Menagerie gewandert und hatten die Bude denn auch recht ansehnlich gefüllt.

Die dicke Madame Mitaine konnte damit wohl zufrieden sein. Im Kostüm einer Kabylin, die Arme bis zum Ellenbogen nackt, eiserne Armbänder um den Unterarm, eine Peitsche in der einen, ein schon gerupftes, aber noch lebendes Huhn in der andern Hand haltend, so stand die ehrenwerte Dame am Eingang ihrer Bude und machte den tarasconischen Herrschaften die Honneurs, und da sie ebenfalls »Doppelmuskeln« hatte, wie man bald herausfand, so konnte es ihr ja nicht fehlen. Sie persönlich hatte einen fast ebenso großen Erfolg zu verzeichnen wie die ihrer Pflege anvertrauten Bestien.

Tartarin, der nun mit der Flinte auf der Schulter eintrat, jagte allen Anwesenden einen panischen Schrecken ein.

Alle diese guten Tarasconesen, die so ruhig und gemütlich vor den Käfigen auf und ab spazierten, ohne Waffen, ohne Misstrauen, ja ohne jede Ahnung einer vorhandenen Gefahr, mussten natürlich in Angst versetzt werden, als sie ihren großen und berühmten Tartarin plötzlich in vollster Kriegsausrüstung in die Bude treten sahen.

Grund zu Besorgnissen war entschieden vorhanden, wenn sogar dieser Held alle Sicherheitsmaßregeln getroffen hatte. So war denn im Nu die Szene eine andere geworden. Der Raum vor den Käfigen war leer, die Kinder schrien, die Damen drängten nach dem Ausgange. Der Apotheker Bezuquet behauptete, er wolle nur schnell auch sein Gewehr holen, und so kam er als einer der ersten aus der Menagerie.

Die ruhige, sichere, selbstbewusste Haltung Tartarins ließ jedoch bald auch bei anderen wieder den Mut neu erwachen. Stolz, mit gehobenem Haupte, so schritt der unerschrockene Tarasconese durch die Bude. Bei dem Bassin, in dem sich die Krokodile befanden, ging er vorbei, ohne nur einen Moment stehen zu bleiben; ebenso schritt er an der Kiste mit den Schlangen vorüber – der einen, welche eben das Huhn hinunterwürgte, warf er nur einen verächtlichen Blick zu. Nun kam er endlich an den Löwenkäfig, und hier machte er denn auch Halt.

Ein furchtbarer und doch großartiger Anblick! Der Löwe von Tarascon und der Löwe aus dem Atlas – hier standen sie einander gegenüber.

Auf der einen Seite, nämlich außerhalb des Eisengitters, stand Tartarin. Er hatte den Oberkörper ein wenig nach vorn gebeugt und stützte sich auf sein Gewehr. Auf der andern Seite stand der Löwe, wirklich ein sehr schönes Exemplar. Die Tatzen waren in dem Stroh versteckt, das ihm im Käfig als Lager diente; den ungeheuern Kopf mit der gelben Mähne hatte er auf die Vorderpranken gesenkt; er blinzelte mit den Augen.

So standen sich die beiden ruhig, Aug' in Auge, gegenüber. Weiß der Himmel, wie es nun gekommen ist – entweder verdarb der Anblick des Gewehres dem Löwen die gute Laune, oder er witterte in seinem Gegenüber einen Erzfeind seiner Rasse, genug – das mächtige Tier, das alle andern Tarasconesen bisher nur mit dem Ausdruck souveräner Verachtung angeblickt und ihnen zeitweilig ins Gesicht gegähnt hatte, machte plötzlich eine Bewegung, als gerate es in Wut. Zuerst hob es die Nüstern, schnaubte und streckte die Vorderpranken noch weiter nach vorn; dann erhob es sich mit einem Male zu seiner ganzen Höhe, richtete den Kopf auf, schüttelte die Mähne, öffnete den gewaltigen Rachen und stieß ein furchtbares Gebrüll aus, das ganz ausschließlich an Tartarin gerichtet zu sein schien. Ein entsetzliches Angst- und Jammergeschrei war die Antwort. Tarascon war in Not. Alles drängte nach den Türen, alle suchten Rettung in wildester Flucht – Frauen, Kinder, Lastträger, Mützenjäger, sogar der tapfere Kommandant Bravida. Nur Herr Tartarin rührte sich nicht von der Stelle. Er stand fest und unerschütterlich vor dem Käfig – in seinen Augen leuchtete es wundersam, und er machte das finstere Gesicht, das die ganze Stadt kannte. Als bald darauf einige Mützenjäger ihre Fassung einigermaßen wieder gewonnen hatten und, sicher gemacht durch seine Ruhe und im Vertrauen auf die Haltbarkeit der eisernen Käfigstäbe, sich ihrem Herrn und Meister näherten, da hörten sie, wie er murmelte, indem er unverwandt den Löwen anblickte:

»Das wäre einmal eine Jagd! Ja, das lohnte sich!«

Und weiter sprach Herr Tartarin an jenem Tage nichts.

Eigentümliche Wirkungen jener schon erwähnten merkwürdigen Erscheinung

Ja, weiter hatte Herr Tartarin an jenem Tage nichts gesprochen, aber der Unglückselige hatte schon zu viel gesagt.

Am nächsten Tage redete man in der ganzen Stadt von nichts anderm, als dass Herr Tartarin sich schon in allernächster Zeit auf die Reise begeben werde; er beabsichtige, nach Algier zu gehen und dort Löwen zu jagen. Meine verehrten Leser wissen, dass es dem guten Manne auch nicht im Traume eingefallen war, irgendetwas derartiges zu sagen, dass an dem ganzen Gerücht auch nicht ein Sterbenswörtchen wahr sein konnte, aber das war nun wieder eine der Wirkungen jener schon früher erwähnten merkwürdigen Erscheinung.

Kurz und gut, in ganz Tarascon unterhielt man sich von der bevorstehenden Abreise, als sei sie eine längst beschlossene Sache.

Auf den Straßen, im Klub, bei Costecalde, überall steckten die Leute die Köpfe zusammen und tuschelten und machten dabei äußerst wichtige Mienen.

»Übrigens, Sie wissen doch schon das Neueste?« – »Übrigens, das weiß ich schon lange. Ja, Tartarin reist ab, nichts weniger.«

Es muss hier nämlich ausdrücklich bemerkt werden, dass die guten Tarasconesen die Gewohnheit hatten, jeden Satz mit »Übrigens« zu beginnen und mit »Nichts weniger« zu schließen. Sie sprachen natürlich auch diese Worte in ihrem breiten provençalischen Dialekt, dass sie sich anhörten »Übrigäns« und »Nichts wäniger«, was natürlich zum Wohlklang ungemein beitrug. An diesem Tage, wo alle sich so viel zu berichten hatten, klang das

»Übrigäns« und »Nichts wäniger« so hell und laut, dass die Fensterscheiben fast klirrten.

Derjenige, der von allen in der Stadt am meisten erstaunt war, als er hörte, Tartarin beabsichtige nach Afrika abzureisen, war – Tartarin selbst. Aber man weiß ja doch, wie es mit der Eitelkeit bestellt ist und was sie alles zu vollbringen imstande ist.

Anstatt ein für alle Mal kurz und bündig zu erklären, dass es ihm gar nicht einfiele, abzureisen, ja, dass ihm überhaupt niemals der Gedanke gekommen wäre – stattdessen sagte der unglückselige, verblendete Tartarin, als man zum ersten Mal mit ihm von seiner Abreise sprach, in geheimnisvollem Tone: »Haha – kann wohl sein – ich sage gar nichts.«

Als man das zweite Mal mit ihm über dasselbe Thema zu sprechen begann, hatte er sich schon mit der Idee vertrauter gemacht, und so antwortete er denn: »Es ist schon möglich.« Und beim dritten Mal: »Jawohl, ich reise!«

Als er nun gar abends mit seinen Klubgenossen bei Costecalde saß, stieg ihm der reichlich genossene Punsch zu Kopfe, die vielen Beifallsbezeugungen, mit denen man ihm huldigte, die Lichter, die vielen aufgeregten Menschen, das alles verwirrte seine Sinne, der Jubel, mit dem die Ankündigung seiner bevorstehenden Abreise seitens der gesamten Einwohnerschaft aufgenommen war, berauschte ihn – und so erklärte denn der Bedauernswerte feierlich, dass er die Jagd auf Mützen schon längst satt bekommen habe und so bald als möglich ausziehen werde, die großen Löwen des Atlas zu jagen.

Mit lautem Hurrageschrei wurde diese Mitteilung aufgenommen. Nun wurde noch einmal Punsch gebraut, dann gab's ein Anstoßen, Händedrücken und Jubeln ohne Ende. Als Herr Tartarin nach Hause gegangen, brachte man ihm vor dem kleinen Hause des Baobab einen Fackelzug und Ständchen bis um Mitternacht.

Tartarin-Sancho war mit der ganzen Sache natürlich durchaus nicht einverstanden.

Schon der bloße Gedanke, nach Afrika zu reisen und auf die Löwenjagd zu gehen, hatte ihm einen furchtbaren Schreck eingejagt. Als er nun wieder daheim in seinen vier Pfählen war, machte er, während von draußen noch die Klänge von einem Ständchen ins Zimmer drangen, seinem Gegenpart Tartarin-Quijote eine außerordentlich heftige Szene. Er nannte ihn verrückt, verblendet, töricht, einen dreifachen Narren und setzte ihm lang und breit auseinander, welche Gefahren und Widerwärtigkeiten seiner auf der Expedition harrten – als da sind: Schiffbruch, Rheumatismus, heißes Fieber, Dyssenterie, schwarze Pest, Elefantiasis usw.

Vergebens schwor Tartarin-Quijote ihm hoch und heilig zu, dass er keinerlei Torheiten auf der Reise begehen werde, dass er sich vor jeder Krankheit in Acht nehmen wolle, dass er sich so sorgfältig ausrüsten werde, wie es nur irgend wünschenswert sei – es half alles nichts, Tartarin-Sancho wollte von nichts hören. Der Arme sah sich im Geiste schon zerrissen von den Löwen, verweht und erstickt im heißen Wüstensand, wie es dem seligen Kambyses ergangen, und der andere Tartarin konnte ihn nur mit Not und Mühe und dem Hinweise darauf beruhigen, dass es ja nicht sofort geschehen müsse, dass die

Sache überhaupt nicht solche Eile habe, und dass sie schließlich doch noch nicht abgereist wären. Und darin hatte er doch auch vollständig recht. Zu einer Expedition, wie sie Tartarin vor hatte, zieht man doch nicht aus, ohne alle Sicherheitsmaßregeln getroffen zu haben. Zum Teufel auch, man bereitet sich doch hübsch vor und fliegt nicht davon wie ein Vogel.

Vor allen Dingen beschloss der Tarasconese, die Berichte der großen Afrikareisenden durchzulesen: die Werke von Mungo-Park, Caillé, Livingstone und Henri Duveyrier.

Bei dieser Gelegenheit wurde es ihm vollständig klar, dass auch diese mutigen und unerschrockenen Forscher nicht so mir nichts dir nichts bloß den Staub von ihren Füßen geschüttelt und sich auf die weiten Reisen begeben hatten, sondern dass sie sich systematisch daran gewöhnt hatten, Hunger, Durst, weite Märsche und Beschwerden aller Art zu ertragen.

Tartarin beschloss, es wie jene zu machen, und deshalb nährte er sich von nun an ausschließlich von einem wässerigen Brei, den er sich bereitete, indem er einige Brotschnitten in warmem Wasser aufweichte, etwas Knoblauch, ein wenig Thymian und ein paar Lorbeerblätter hinzutat. Es wurde ihm schwer, diese selbstauferlegte Mäßigkeitskur durchzuführen, und man kann sich vorstellen, welch grimmige Gesichter der arme Sancho dabei schnitt ... Abgesehen von dieser Wassersuppenkur betrieb Herr Tartarin noch einiges andere, was ihm bei der beabsichtigten Reise von Nutzen sein konnte. So erweiterte er z. B., um sich an lange Fußtouren zu gewöhnen, seinen täglichen Spaziergang derartig, dass er von jetzt an nicht mehr einmal, sondern gleich sieben- bis achtmal hintereinander die Stadt der Länge nach durchwanderte, bald im langsamen Trab, bald wieder im Dauerlauf mit angelegten Ellbogen, wobei er nach Art der alten Völker ein paar Kiesel im Munde hielt.

Um sich an die nächtliche Kühle, an Tau und Nebel zu gewöhnen, ging er alle Abende in seinen Garten hinaus und stellte sich hinter seinen Baobab; regungslos, die Flinte im Arm, nach allen Seiten umherspähend, so stand er hier auf der Lauer, bereit, beim geringsten verdächtigen Geräusch Feuer zu geben.

Während der ganzen Zeit, in welcher die Menagerie Mitaines in Tarascon verweilte, konnten die Mützenjäger, die sich abends bei Costecalde zusammengefunden hatten und gemeinsam den Nachhauseweg antraten, beim Passieren des Schlossplatzes einen geheimnisvollen Mann im Dunkeln sehen, der langsam hinter der Bude auf- und abspazierte.

Dieser geheimnisvolle Mensch war Herr Tartarin, der sich beizeiten daran gewöhnen wollte, auch in dunkler Nacht das Brüllen des Löwen zu hören, ohne zu erzittern.

Vor der Abreise

Während dergestalt Herr Tartarin auf die heldenmütigste Weise seinen Körper stählte, hielt ganz Tarascon die Blicke auf ihn gerichtet; man beschäftigte sich absolut mit nichts anderem mehr. Von der ehemals so beliebten Mützenjagd war keine Rede mehr, und auch die Romanzen verstummten. In der Bezuquetschen Apotheke trauerte das Klavier unter seinem grünen Überzuge, und frisch gestrichene spanische Fliegen und Heftpflaster waren darauf zum Trocknen ausgebreitet.

Die Tartarinsche Expedition nahm einzig und allein das Interesse der ganzen Bevölkerung in Anspruch.

Man glaubt kaum, welche außerordentlichen Erfolge der große Tarasconese in den Salons seiner Vaterstadt jetzt zu feiern hatte. Man riss sich um ihn, man machte ihn sich einander streitig, man kämpfte förmlich um ihn. Für die Damen gab es keine größere Ehre und keinen höheren Genuss, als wenn sie am Arme Tartarins die Menagerie Mitaines besuchen konnten und vor dem Löwenkäfige den Belehrungen lauschen durften über die Art, wie man diese Bestie jagt, wie man auf sie zielt, wann man losdrücken muss, auf wie viele Schritte man sich ihr nähern darf, was man tun muss, wenn Zwischenfälle eintreten u.s.w.

Tartarin erklärte alles, so oft und solange man es nur hören wollte. Er hatte Jules Gerards Schriften gelesen und wusste mit der Löwenjagd Bescheid, als hätte er sich Zeit seines Lebens mit nichts anderem beschäftigt. Er sprach mit einer Beredsamkeit, die alle Zuhörer mit sich hinriss. Am schönsten war es aber doch, wenn der Präsident Ladeveze oder der tapfere Kommandant Bravida, der früher im Montierungsdepot Dienste getan hatte, ein Diner gaben, und wenn dann, sobald der Kaffee gereicht worden war, alle im Kreise zusammenrückten und man ihn von seinen zukünftigen Jagden berichten ließ ...

Dann stützte der vielumworbene Mann den Ellenbogen auf die Tischplatte, steckte von Zeit zu Zeit die Nase in die Kaffeetasse und erzählte mit vor Bewegung zitternder Stimme von den Gefahren, die ihn erwarteten, da unten in Afrika. Er sprach von den langen, mondscheinlosen Nächten, in denen er auf dem Anstande sein würde, von den Morästen, die pestilenzialische Dünste ausströmten, von den Flüssen, die bedeckt seien mit den Blättern der Giftpflanzen, von starken Schneefällen, vom Sonnenbrand, von Skorpionen, von Regengüssen. Er erzählte auch von den großen Löwen des Atlas und ihren Lebensgewohnheiten, von ihrer Art auf den Jäger loszugehen, von ihrer phänomenalen Stärke und von ihrer Wildheit, besonders zur Brunstzeit.

Er regte sich durch seine eigene Erzählung auf, erhob sich von der Tafel, stellte sich mitten im Speisezimmer hin, ahmte das Gebrüll des Löwen nach, den Schuss einer Flinte – puff! Puff! – das Pfeifen und Sausen des Geschosses – sst! sst! – dabei gestikulierte er aus Leibeskräften, geriet immer mehr in Hitze, warf schließlich ein paar Stühle um ... Die ganze Tafelrunde war während der Schilderung bleich geworden. Die Herren blickten einander an und schüttelten die Köpfe, die Damen schlossen die Augen und stießen von Zeit zu Zeit einen leisen Schrei des Entsetzens aus, selbst die ältesten Leute aus der Gesellschaft griffen zu den Spazierstöcken und schwangen sie in einem Anfluge von Kampfesmut, und die kleinen Kinder, die man bei Zeiten zu Bett gebracht hatte und die im Nebenzimmer schliefen, wurden durch den Heidenlärm und die Schüsse aufgeschreckt, bekamen Angst und schrien nach Licht. So waren aller Erwartungen aufs Höchste gespannt, aber Herr Tartarin reiste nicht ab.

Stechen Sie mich mit dem Degen meine Herren! Mit Degen aber nicht mit Stecknadeln

Hatte er denn überhaupt wirklich die Absicht, die bewusste Reise jemals anzutreten?

Ja, das ist eine kitzliche Frage, und dem wahrheitsliebenden Erzähler der Geschichte Tartarins muss es schwer werden, eine einigermaßen befriedigende Antwort darauf zu geben.

Tatsache ist, dass Mitaines Menagerie seit länger als drei Wochen die Stadt Tarascon wieder verlassen hatte, aber der Löwentöter traf immer noch nicht die geringsten Anstalten ...

Immerhin ist es ja auch möglich, dass der große und vielgefeierte Held durch eine merkwürdige Ausgeburt seiner Fantasie von Neuem genarrt wurde und dass er sich nun einbildete, er hätte die Reise nach Algier schon gemacht. Es kann ja sein, dass er nach der allzu häufigen Erzählung seiner künftigen Jagden und Abenteuer schließlich wirklich glaubte, er habe sie schon überstanden – so wie sich ja auch bei ihm die Überzeugung eingewurzelt hatte, er hätte wirklich die Konsulatsflagge aufgehisst und piff! Paff! Auf die Tataren geschossen, in Schanghai.

Wenn nun aber Herr Tartarin auch diesmal ein unglückliches Opfer jener merkwürdigen Erscheinung geworden war, die Tarasconesen waren es offenbar nicht. Sie wussten ganz genau, dass der Biedermann jene versprochene Reise noch immer vor sich hatte, und als mehr als drei Monate ins Land gegangen waren, ohne dass er daran dachte, seine Sachen zu packen, da begann man, darüber zu räsonieren. »Es wird diesmal genau so werden wie damals mit Schanghai«, meinte Costecalde mit boshaftem Lächeln. Dieser Ausspruch des Waffenschmiedes wirkte wie ein Funke, der ins Pulverfass fällt, denn niemand glaubte mehr an Tartarin.

Die Dummköpfe und die Maulhelden, z. B. Leute wie Bezuquet, die vor einer Maus die Flucht ergriffen und die beim Abschießen eines Gewehres immer ängstlich beide Augen zudrückten, gerade diese schlugen am meisten Lärm und waren gar nicht zu besänftigen. Im Klub, auf der Promenade, kurz, wo sie den armen Tartarin trafen, machten sie ihn zur Zielscheibe ihrer plumpen, äußerst billigen Witze. »Übrigens, wann geht die Reise los?«, war die Formel, die man ihm anstatt einer Begrüßung entgegenschleuderte. In Costecaldes Laden wurden seine Entscheidungen nicht mehr als unumstößlich richtig betrachtet. Die Mützenjäger verleugneten ihren Herrn und Meister.

Bald wurde das Thema auch in Spottversen behandelt. Der Präsident Ladeveze, der in seinen Mußestunden der Muse der provençalischen Dichtkunst schon manchen argen Streich gespielt hatte, verfasste ein Liedchen, welches ungemeinen Beifall fand. Es war in diesem Gedichte die Rede von einem gewissen Meister Gervais, dessen weit und breit gefürchtetes Gewehr dazu bestimmt war, allen afrikanischen Löwen den Garaus zu machen. Der Teufel musste aber wohl sein Spiel bei der Konstruktion des Gewehrs getrieben haben – so oft man es auch lud, es ging nicht los.

»Es ging nicht los!« Wie fein war die Anspielung!

Im Handumdrehen war dieses Lied bekannt geworden und in aller Leute Munde. Wo Tartarin sich zeigte, musste er die Spottverse hören. Die Lastträger am Quai, die kleinen Stiefelputzer, die sich vor seinem eigenen Hause niedergelassen hatten, die Straßenjungen, – sie alle sangen im Chor:

Das Gewehr des Herrn Gervais,
Ach, das ist doch ganz famos;
Das Gewehr ist stets geladen,
Aber niemals geht es los!

Selbstverständlich hielten sich die edlen Sänger immer in respektvoller Entfernung, schon wegen der »Doppelmuskeln.«

Oh, wie leicht verscherzt war sie, die Gunst der tarasconischen Bürgerschaft.

Der große Mann selbst stellte sich, als höre und sähe er nicht, was um ihn her vorging, und als ginge ihn die ganze Geschichte überhaupt nichts an. Aber im Grunde des Herzens fühlte er sich doch tief gekränkt über die hässliche und hämische Art, in der dieser Kleinkrieg gegen ihn geführt wurde. Außerdem merkte er auch nur zu wohl, dass ihm das Szepter seiner Herrschaft über Tarascon immer mehr entglitt und dass andere Männer sich schon größerer Popularität zu erfreuen hatten als er. Das entlockte ihm so manchen schweren Seufzer.

Ach, wie herrlich ist es doch, wenn wir uns allgemeiner Zuneigung zu erfreuen haben. Wir zehren schließlich von dem Gute und glauben, dass es immer so sein müsste. Welche bittere Enttäuschung, wenn wir die Entdeckung machen, dass ein Zufall, eine Kleinigkeit genügt hat, das Blatt zu wenden und die Gunst der Menge uns zu rauben. Heldenmütig verbiss Herr Tartarin seinen Schmerz; er lebte ruhig und gemütlich wie vordem, als sei zwischen ihm und seinen Mitbürgern nichts vorgefallen.

Zuweilen aber fiel die Maske der Harmlosigkeit und der inneren Ruhe, die er mit so viel Selbstverleugnung und so großem Stolze zur Schau trug, und dann sah man seine von Gram und Schmerz entstellten Züge.

So geschah es auch eines Morgens, als die nichtsnutzigen Stiefelputzer direkt unter den Fenstern seines Schlafzimmers das abscheuliche Lied sangen: »Das Gewehr des Herrn Gervais.« Herr Tartarin stand eben vor seinem Spiegel und war im Begriff, sich zu rasieren. Da drangen die Töne des Spottliedes herauf. Sofort wurde das Fenster aufgerissen und Tartarin erschien in Hemdsärmeln, mit einem Kopftuch und eingeseift in der Fensteröffnung, schwang sein Rasiermesser und seinen Seifennapf und schrie mit Donnerstimme:

»Degenstiche, meine Herren! Degenstiche, aber keine Nadelstiche!«

Schöne Worte, die es wohl verdienen, aufgezeichnet zu werden, und die nur den einen Fehler hatten, dass sie an dumme Jungen gerichtet waren, nicht viel größer als ihre Wichskasten, und an Ehrenmänner, die unfähig waren, einen Degen zu führen.

Was in dem Hause des Baobab nun weiter geschah

Während sich alles von Tartarin lossagte, blieb ihm nur die Armee treu.

Der tapfere Kommandant Bravida, der früher im Montierungsdepot Dienste getan hatte, behauptete nach wie vor von ihm in demselben Tone der Überzeugung: Er ist ein Karnickel! Was die andern dem auch entgegenstellten, er beharrte fest bei diesem seinem Ausspruch, und dieser wog, sollte ich meinen, den des Apothekers Bezuquet auf. Auch nicht ein einziges Mal machte der tapfere Kommandant nur die leiseste Anspielung auf die afrikanische Reise; als der Skandal jedoch zu arg wurde, entschloss er sich, mit seinem Freunde ganz offen über die Angelegenheit zu reden.

Eines Abends saß der bedauernswerte Tartarin ganz allein in seinem bunt ausstaffierten Zimmer und dachte über die unglückseligen Vorgänge der letzten Zeit nach, da sah er den Kommandanten eintreten. Seine Schritte waren gemessen, seine Miene ernst, er trug schwarze Handschuhe, und sein Überrock war bis oben hinauf zugeknöpft.

»Tartarin!«, begann der alte Soldat mit Würde, »Tartarin, du *musst* abreisen!« Und er trat dabei nicht ins Zimmer, sondern blieb im Rahmen der Türe stehen – kalt und majestätisch, die Verkörperung der Pflicht.

Was lag alles in diesem: »Tartarin, du *musst* abreisen!« Oh, Tartarin verstand es vollkommen.

Er war sehr bleich geworden und hatte sich erhoben. Einen Blick voll Zärtlichkeit und Liebe warf er noch auf sein Kabinett, das so mollig, so traulich, so hübsch warm und so hell beleuchtet war; er betrachtete seinen Lehnsessel, in dem es sich so bequem ruhen ließ, seine Bücher, seine Waffensammlung. Dann heftete er einen innigen Blick auf die großen, weißen Fenstervorhänge, durch die er noch in dunkeln Umrissen seine Gartenanlage erkennen konnte. Und nun ging er auf den tapferen Kommandanten zu, reichte ihm die Hand, drückte sie ihm so kräftig, als es ihm irgend möglich war, und setzte endlich zum Sprechen an. Zweimal erstickten Tränen seine Stimme, dann aber fasste er sich und sprach laut und deutlich:

»Ich werde reisen, Bravida!«

Und er reiste ab, wie er es versprochen hatte. Aber noch nicht gleich – erst mussten doch die nötigen Vorbereitungen getroffen und die erforderlichen Ausrüstungsgegenstände besorgt werden.

Zuerst bestellte er bei Bompard zwei große Kisten mit Messingbeschlag und einem Messingschild auf dem Deckel mit der Inschrift:

Tartarin aus Tarascon Waffenkiste

Die Anfertigung der Messingbeschläge und die Gravierung nahm eine ziemlich lange Zeit in Anspruch.

Dann ließ er sich von Tartarin ein prachtvolles Reisealbum anfertigen, da er die Absicht hatte, ein Tagebuch zu führen und darin alle seine Erlebnisse und Eindrücke niederzuschreiben. Denn das ist doch klar, dass einem beim Löwenjagen so mancherlei Gedanken kommen.

Hierauf ließ er sich aus Marseille eine ganze Schiffsladung eingemachter Früchte und Fleischkonserven kommen, Fleischextrakt zur Herstellung von Bouillon, einen Zeltschirm zum Schutz gegen die Sonnenstrahlen, und zwar einen neuester Konstruktion, der sich in größter Schnelligkeit aufspannen und wieder zusammenlegen ließ; ferner ein Paar Wasserstiefel, zwei Regenschirme, einen Regenmantel und blaue Brillen zum Schutze der sonst ganz gesunden Augen. Endlich musste ihm der Apotheker Bezuquet eine kleine Reiseapotheke zusammenstellen, enthaltend Charpie, Arnika, Kampfer und Salmiakgeist.

Armer Tartarin! Was er da alles herbeischaffte und anfertigen ließ, sollte ja nicht für ihn bestimmt sein; er hoffte aber zuversichtlich, mit diesen Vorsichtsmaßregeln und Beweisen größtmöglicher Aufmerksamkeit den Zorn Tartarin-Sanchos zu beschwichtigen, der, seitdem die Abreise beschlossene Sache war, seinem Groll in immer heftigeren Ergüssen Luft machte, und ihn weder bei Tage noch bei Nacht zur Ruhe kommen ließ.

Die Abreise

Endlich brach der große, der feierliche Tag an, der Tag der Abreise.

Seit dem ersten Morgengrauen war ganz Tarascon auf den Beinen; die Leute standen in Gruppen auf der nach Avignon führenden Straße und drängten sich ganz besonders um das kleine Haus, in dem der berühmte Baobab wuchs.

Alle Fenster waren von Neugierigen belagert, Dächer und Bäume waren von Menschen besetzt.

Leute aus allen Bevölkerungsklassen hatten sich da eingefunden: Schiffsleute von der Rhone, Lastträger, Stiefelputzer, Kaufleute, die kleinen Rentiers, die sonst niemals recht wissen, was sie mit dem lieben langen Tage anfangen sollen; ferner Arbeiterinnen aus den Fabriken, Schenkmamsells aus den Kaffeehäusern, die Mitglieder des Klubs – kurz, wer nur irgend sich losmachen konnte, war gekommen.

Auch aus dem benachbarten Beaucaire waren Leute über die Brücke herübergekommen, und sogar aus noch entfernteren Ortschaften waren sie herbeigeeilt, die Pächter in ihren hochrädrigen Planwagen, die Winzer auf ihren Maultieren, die sie sehr hübsch mit wehenden Bändern, Schellen, Schleifen und Klingeln herausgeputzt hatten. Selbst einige allerliebste Mädchen von Arles konnte man in der Menschenmenge bemerken, die; das Haupt in azurblaue Tücher eingehüllt, jede mit ihrem Schatz, auf den kleinen stahlgrauen Pferden der Camargue hergeritten waren. Immer größer wurde die Zahl der Anwesenden, immer heftiger wurde das Drängen, Drücken und Stoßen vor der Türe des Herrn Tartarin, des lieben, guten Herrn Tartarin, der nun wirklich ausziehen wollte, um »bei den Türken« die Löwen zu töten.

Algier, Afrika, Griechenland, Persien, die Türkei, Mesopotamien und wohl noch einige andere Länder, all das bildet nämlich für die Tarasconesen ein großes, sehr unbestimmtes, fast sagenhaftes Land und heißt »die Türken«.

Zwischen den Scharen und abgesonderten Gruppen gingen die Mützenjäger würdevoll einher; sie waren von gerechtem Stolze auf ihren Herrn und Meister erfüllt, man konnte das an ihren strahlenden Gesichtern sehen.

Direkt vor dem Hause des Baobab standen zwei große Karren. Von Zeit zu Zeit öffnete sich die Haustüre, und dann konnten die Außenstehenden mehrere Personen bemerken, die, offenbar in ein ernstes Gespräch vertieft, langsam in dem kleinen Garten promenierten. Mehrere Lastträger brachten Kisten, Kasten, Schlafsäcke usw. heraus und luden sie auf die bereitstehenden Karren.

Bei jedem neuen Gepäckstück lief ein Murmeln durch die Menge. Man rief sich einander die verschiedenen Gegenstände zu. »Das da ist der Zeltschirm gegen den Sonnenbrand, ... das sind die Konserven, ... die Reiseapotheke, ... die Waffenkiste«, – und die Mützenjäger gaben bereitwilligst nähere Auskunft über den Zweck aller dieser wunderbaren Dinge.

Plötzlich, es war fast 10 Uhr morgens, ging eine Bewegung der höchsten Spannung durch den Menschenhaufen. Die zum Garten führende Türe öffnete sich sperrangelweit.

»Da ist er! Da ist er!« schrien und tobten unzählige Stimmen.

Ja – da war er.

Als er auf der Schwelle erschien, verstummte alles für einen Augenblick; dann machte sich das Erstaunen in zwei Ausrufen Luft.

»Ein Türke!«

»Mit einer Brille!«

Tartarin hatte es nämlich in der Tat für unumgänglich nötig gehalten, bei seiner Abreise nach Algerien auch das algerische Nationalkostüm anzulegen. So trug er denn weite Beinkleider aus weißer Leinewand, eine kleine Jacke mit Metallknöpfen und einen sehr breiten roten Gürtel, der schon mehr wie eine Leibbinde aussah; der Hals war bloß, die Stirne ausrasiert, auf dem Kopfe prangte ein riesiger roter Fez mit langer blauer Quaste. Außerdem hatte er sich mit zwei Gewehren ausgerüstet, über jeder Schulter eines; ein großes Jagdmesser steckte im Gürtel, um den Leib hatte er eine Patronentasche geschnallt, und um die Hüfte hing ihm eine Ledertasche, aus der ein Revolver herausschaute. Mehr Waffen trug er nicht bei sich.

Fast hätte ich aber etwas vergessen, soll die Beschreibung anders vollständig sein: die Brille nämlich; sie bestand aus zwei außergewöhnlich großen blauen Gläsern und einem schwarzen Gestell. Was etwa noch gefehlt hatte, um die äußere Erscheinung unseres Helden zu einer möglichst wilden und gefährlichen zu machen, das wurde durch diese Brille mehr als reichlich gedeckt.

»Es lebe Tartarin! Es lebe Tartarin! Unser Tartarin – hoch!« so schrie und jauchzte das Volk. Der große Mann lächelte, aber er grüßte nicht. Erstens hinderten ihn daran die beiden Gewehre, die ihn beim Gehen überhaupt etwas genierten, und zweitens hatte er jetzt an sich selbst zur Genüge erfahren, wie es um die Gunst der Menge bestellt ist. In tiefstem Herzensgrunde verwünschte er vielleicht sogar seine verdammten Mitbürger, die ihm jetzt so laut zujubelten und die ihn doch zu dieser Reise gedrängt hatten; die ihn zwangen, sein gemütliches Heim aufzugeben, sein hübsches Häuschen mit den weißen Mauern und den grünen Jalousien zu verlassen. Äußerlich jedoch ließ er nichts von solcher Empfindung wahrnehmen.

Ruhig und stolz, wenn auch ein bisschen bleich im Gesicht, trat er auf die Straße hinaus, musterte die beiden Karren, und als er sah, dass alles in Ordnung war, schlug er unverzüglich den Weg nach dem Bahnhof ein, ohne sich auch nur ein einziges Mal nach dem Hause des Baobab umzuwenden. Unmittelbar hinter ihm gingen der tapfere Kommandant Bravida, der früher im Montierungsdepot Dienste getan hatte, der Präsident Ladeveze, ferner der Waffenschmied Costecalde und die Schar der Mützenjäger; dann folgten die beiden Karren mit den Gepäckstücken; das unabsehbar große Gefolge aus der Bevölkerung Tarascons und Umgebung schloss den Zug.

Vor dem Eingang zum Bahnhof erwartete der Bahnhofinspektor den Reisenden. Es war ein schon bejahrter Herr, der einst in Afrika gefochten hatte und Herrn Tartarin umso mehr Wohlwollen entgegenbrachte, als dieser ja auch in den fremden Erdteil ziehen wollte, in dem er Leid und Freude so mancherlei Art erlebt. Mit Innigkeit und Wärme drückte er dem Helden mehrere Mal die Hand. Der von Paris nach Marseille fahrende Expresszug war noch nicht angekommen. Tartarin und sein nächstes Gefolge traten deshalb in den Wartesaal, und hinter ihnen ließ der Bahnhofsinspektor den Saal verschließen, damit durch das Nachdrängen der übrigen Menschenmassen keine Unzukömmlichkeiten und Störungen im Dienste verursacht würden.

Während der nächsten Viertelstunde durchmaß Herr Tartarin unaufhörlich den Wartesaal der Länge und Breite nach mit seinen Schritten. Die Mützenjäger standen an den Wänden und lauschten aufmerksam auf die Worte des Scheidenden. Er sprach von der Reise, wie er es mit den Jagden zu halten gedenke, und versprach, zahlreiche Löwenfelle in die Heimat zu senden. Jeder bat, ihn doch gefälligst auch für ein Fell vormerken zu wollen, und Tartarin schrieb sich die Namen in seinem Notizbuche auf, wie man in einer Tanzkarte die Namen der einzelnen Tänzer notiert.

Ruhig, freundlich und milde, gerade wie Sokrates, als er den Giftbecher leerte, hatte der unerschrockene Tartarin für jeden ein Wort, für jeden ein Lächeln. Er sprach einfach und zu Herzen gehend; es war, als wollte er vor seiner Abreise allen noch einmal seine Liebenswürdigkeit, seine Güte zu Herzen führen, damit ihm alle auch ein recht freundliches Andenken bewahrten. Als die Mützenjäger ihren Herrn und Meister so sprechen hörten, traten ihnen allen die Tränen in die Augen: Einige, wie z. B. der Präsident Ladeveze und der Apotheker Bezuquet, fühlten sogar etwas wie Gewissensbisse.

Ein paar Schaffner und Kofferträger, welche sich im Wartesaal aufhielten, konnten das nicht länger mit ansehen, sie stellten sich in die Ecken und weinten ganz laut. Von außen aber tönten die Stimmen der Leute herein, die sich an den Türen drängten und unaufhörlich schrien: »Es lebe Tartarin!«

Endlich ertönte die Bahnhofsglocke. Ein dumpfes Rollen wurde hörbar, dann folgte ein Pfiff, der schrill durch alle Räume des Gebäudes hallte. »Der Zug ist da! Einsteigen! Einsteigen!«

»Leb' wohl, Tartarin! Leb' wohl, Tartarin!«

»Lebt wohl, ihr alle!«, murmelte der große Mann, und indem er den tapferen Kommandanten Bravida umarmte, tat er dies im Geiste mit seinem ganzen lieben Tarascon. Dann trat er auf den Perron hinaus und stieg in ein Coupé, das fast ganz mit Damen aus Paris besetzt war. Die Insassinnen glaubten vor Schreck auf der Stelle sterben zu müssen, als der so sonderbar kostümierte Herr, der so viele Gewehre und Revolver trug, bei ihnen einstieg.

Im Hafen von Marseille – zu Schiffe! zu Schiffe!

Man schrieb den 1. Dezember. Die Luft war klar und rein, die Sonne blickte freundlich vom wolkenlosen Himmel herunter – es war ein Wintertag, wie man ihn nur in der Provence erleben kann. Eben schlug es zwölf Uhr, da sahen die Marseiller zu ihrem größten Erstaunen einen Türken durch die Straßen wandeln. Und zwar einen Türken, wie sie gleich sonderbar ausstaffiert noch niemals einen zu Gesicht bekommen hatten. Das will viel sagen, denn an Türken ist doch in Marseille kein Mangel, das weiß der Himmel. Dieser das allgemeine Aufsehen erregende Türke war, wie wohl kaum noch ausdrücklich gesagt zu werden braucht, Tartarin, der große Tartarin aus Tarascon, der am Quai entlang schritt und von einigen Packträgern seine Waffenkisten, seine Apotheke, seine Konserven und das übrige Gepäck hinter sich hertragen ließ. Er kam eben aus dem Bureau der Dampfschiffsgesellschaft und wollte sich an Bord des Paketbootes »Der Zuave« begeben, das ihn nach Afrika hinüber befördern sollte.

Die lärmenden Kundgebungen seiner Landsleute klangen ihm noch in den Ohren; das merkwürdig klare Sonnenlicht und der eigentümlich kräftige Hauch, der vom Meere herüberwehte, kamen hinzu – so waren denn Tartarins Sinne einigermaßen befangen, als er mit stolz erhobenem Haupte, um jede Achsel eine Flinte, am Quai herumspazierte. Er riss die Augen weit auf und betrachtete mit stets neuem Staunen die Wunder, die sich ihm in dem prächtigen Hafen von Marseille enthüllten. Der arme Mann, der noch niemals auch nur etwas entfernt Ähnliches gesehen, glaubte zu träumen. Er kam sich vor wie Sindbad der Seefahrer und glaubte wie dieser in einer jener fantastischen Städte herumzuirren, von denen er in »Tausend und eine Nacht« gelesen hatte.

Da zog sich ein unabsehbarer Wald von Masten hin und ein Gewirre von Rahen, die sich nach allen Himmelsrichtungen kreuzten. Da waren Flaggen aus aller Herren Länder, russische, griechische, schwedische, tunesische, amerikanische. Von den Schiffen, die dem Quai zunächst lagen, ragten die Bugspriete über die Ufermauer hinaus, dass sie aussahen wie gefällte Bajonette; und darunter diese Menge von Najaden, Göttinnen, Jungfrauen und anderen aus Holz geschnitzten und bemalten Figuren, nach deren Bedeutung das Schiff den Namen trug. Und an allen konnte man Spuren von Zerstörung und Zersetzung durch das Seewasser wahrnehmen, von dem sie unausgesetzt umspült sind. Hier und da konnte man zwischen zwei Schiffen auch ein Stückchen von der See bemerken, einen ganz schmalen Wasserstreifen, wie ein großgemustertes Stück Zeug mit Ölflecken darauf. In dem Gewirr der Rahen saßen Scharen von Schiffsjungen; sie sahen von unten wie Möwen aus, ein reizender Anblick gegen den blauen Himmel; lachend und in allen möglichen Sprachen durcheinander plaudernd, amüsierten sie sich in ihrer luftigen Höhe.

Am Quai entlang führen Rinnsale von den Seifenfabriken die Abgänge in den Hafen, eine grünlich-schwärzliche Masse mit Bestandteilen von Öl und Soda. Mitten zwischen diesen Rinnsalen wogte ein ganzes Heer von Zollbeamten, von Kommissionären, Agenten und Lastträgern mit ihren Wagen, die mit kleinen korsischen Pferden bespannt sind.

Überall Kaufläden, in denen die seltsamsten Gegenstände ausliegen, und rauchgeschwärzte Baracken, in denen die Matrosen sich ihre Speisen selbst zubereiten; da haben Pfeifenhändler ihren Stand, Händler mit Affen, mit Papageien, mit Stricken, Segeltuch und tausenderlei anderem Kram, wie er sich eben nur bei einem Trödler in einer großen Hafenstadt ansammeln kann: alte Kanonenrohre, große vergoldete Laternen, alte Ankerwinden, alte verrostete Anker, altes Tauzeug, alte Segelblöcke, alte Sprachrohre und alte Seefernrohre aus den vordenklichsten Zeiten. In der Nähe hocken kreischende Verkäuferinnen von Seemuscheln und Austern. Hier heißt es aufpassen, es kommen ein paar Matrosen mit Teerkübeln – wer nicht achtgibt, wird rücksichtslos umgerannt oder kommt mit der schwarzen klebrigen Masse in unangenehme Berührung; dort wieder tragen Matrosen

Kübel mit dampfender Suppe, andere gehen an die Brunnen mit Körben voll Seetieren, um sie dort zu waschen.

Wohin das Auge blickt, überall sieht es Berge von Waren der verschiedensten Art aufgestapelt: Seidenstoffe, Mineralien, Floßholz, Bleibarren, Tuche, Zucker, Johannesbrot, Rübsaat, Süßholz, Zuckerrohr. Orient und Okzident reichen sich hier die Hände. Da liegen große Haufen von holländischem Käse, der in Genua rot gefärbt wurde. Dort unten ist der Kornausladeplatz, wo die Packträger ihre vollen Säcke von hohen Gerüsten herab auf das Ufer entleeren. Wie ein goldener Strom rollt das Korn mit einer gelblichen Staubwolke hinab. Eine Anzahl Männer, einen roten Fez auf dem Kopfe, beeilen sich, das Getreide durch große Haarsiebe laufen zu lassen und zu prüfen; dann wird es auf bereitstehende Karren geladen und in die Speicher gefahren. Eine Schar von Frauen und Kindern mit Besen und Sammelkörben begleitet den Zug.

Noch weiter unten ist das Werftbassin. Die Rahen ins Wasser getaucht, liegen hier mehrere der großen Fahrzeuge auf der Seite; sie werden mit Gestrüpp abgesengt und so von den Seepflanzen gereinigt, die sich während langer Fahrten angesetzt haben. Das war ein Lärm, wenn die Werftarbeiter den Rumpf der Schiffe mit neuen Kupferplatten belegten. Das war ein Teergeruch!

Ab und an war in dem Mastenwalde eine Lichtung. Dann konnte Tartarin die Einfahrt zum Hafen sehen, wo unzählige Schiffe ein- und ausliefen. Da fuhr eine nach Malta bestimmte englische Fregatte ab; wie blitzte alles an Bord, wie war da alles so sauber und frisch gewaschen. Dort wurde eine große Marseiller Brigg unter Geschrei und Flüchen zum Auslaufen flott gemacht. Ein dicker Kapitän, der im Regenmantel und Seidenhut auf dem Hinterdeck stand, gab die Kommandos in Südfranzösisch. Mit vollen Segeln verließen eben einige Schiffe den Hafen, während man in der Ferne ein paar langsam hereinkommen sah; man hatte, da die Sonne voll auf sie fiel, ganz den Eindruck, als ob sie in freier Luft segelten.

Am Quai schien der betäubendste Lärm in Permanenz erklärt zu sein. Das war ein Rollen von Wagenrädern, ein Schreien, Fluchen, Singen der Matrosen, ein Pfeifen von den Dampfschiffen; dazwischen die Trommeln und Trompeten vom Fort Saint-Jean und vom Fort Saint-Nicolas und die Glocken von den Kirchen des Accoules und Saint-Viktor; dazu der Mistral, der alle Geräusche und Klänge vermischte und durcheinanderwirbelte zu einer wilden, tollen Musik - einer Musik, bei der man Lust bekam, auch zu fliegen wie der Südwind - sich auch aufzuschwingen über Berg und Tal - nach fernen, fernen Ländern ...

Und bei den Tönen dieser wilden Musik schiffte sich der unerschrockene Tartarin aus Tarascon ein nach dem Lande der Löwen.

Bei den Türken

Die Überfahrt - Der Fez in fünf verschiedenen Lagen - Am Abend des dritten Tages - Erbarmen

Jetzt, mein lieber Leser, möchte ich ein Maler sein, ein großer Maler, damit ich hier bei Beginn des zweiten Teiles unserer Geschichte vor deinen Augen die verschiedenen Lagen skizzieren könnte, die der rote Fez des Herrn Tartarin aus Tarascon an den drei Tagen der Überfahrt von Frankreich nach Algier an Bord des »Zuaven« einnahm. Ich würde ihn zuerst gezeichnet haben bei der Abreise auf der Landungsbrücke. Ach, wie heldenhaft und stolz, wie eine Aureole, schmückt er das schöne tarasconische Haupt.

Dann würde ich ihn zeigen bei der Ausfahrt aus dem Hafen, als der »Zuave« auf den Wellen sich zu wiegen und zu schaukeln begann; man würde ihn zitternd und zagend sehen, als spüre er schon die ersten Vorboten des nahenden Unheils.

Zum dritten würde ich den Fez im Golf du Lion malen. Je breiter hier die Meeresfläche zwischen den Küsten wird, desto ärger werden die Wellen. Hier hat der Fez schon mit dem Sturm zu kämpfen, bestürzt bäumt er sich auf dem Haupte des Reisenden, und die große Quaste von blauer Wolle, die sonst immer niederhing, sträubt sich im Nebel und Sturmwind empor.

Die vierte Lage: Es ist sechs Uhr nachmittags und das Schiff befindet sich auf der Höhe der Insel Korsika. Der unglückselige Fez neigt sich über die Brustwehr und starrt in das Meer hinab, als wenn er da unten auf dem tiefen Grunde etwas suchen wolle.

Endlich die fünfte und letzte Lage: Im Hintergrund einer engen Kabine steht ein kleines Bett, das wie eine Kommodenschublade aussieht, und in diesem liegt eine formlose Masse; sie wälzt sich wimmernd auf dem Kopfkissen. Das ist der Fez, der bei der Abfahrt so stolz und siegesgewiss dreinschaute, jetzt aber zu einer gewöhnlichen Nachtmütze herabgesunken ist und bis über die Ohren den Kopf eines Kranken verhüllt, dessen Gesicht so bleich und so vom Schmerz verzerrt!

Oh, wenn die Tarasconesen ihren großen Tartarin hätten sehen können, wie er da in seinem Bette lag, das einer Kommodenschublade so merkwürdig ähnlich war – wenn sie ihn da hätten sehen können bei dem trüben und gedämpften Lichte, das durch die kleinen Fensterluken in die Kabine fiel, wenn sie bemerkt hätten, wie er unter dem faden, aus der Küche heraufdringenden Dunste und dem aus dem feuchten Holze aufsteigenden Geruche zu leiden hatte; wenn sie hätten hören können, wie er bei jeder Umdrehung der Schraube so tief seufzte, wie er alle fünf Minuten um Tee bat, und mit so leiser Stimme, die sich wie die eines Kindes anhörte, zum Kellner sprach – welche Gewissensbisse würden sie empfunden haben, dass sie ihn zu dieser Reise gedrängt. Auf mein Wort, als getreuer Schilderer der Zustände und der Ereignisse – der arme Türke war zu bedauern. Er war von der Seekrankheit so plötzlich ergriffen worden, dass er gar nicht mehr daran gedacht hatte, seinen algerischen Gürtel abzulegen und seine Waffen an irgendeinen sicheren Ort zu tun. Das Jagdmesser mit dem dicken Griff lag auf der Brust des Unglücklichen und benahm ihm den Atem, und das Futteral mit dem Revolver lastete schwer auf seinen Füßen. Man kann sich denken, dass Tartarin-Sancho in entsetzlicher Laune war. Unaufhörlich schimpfte und jammerte er: »Nun, du Dummkopf! Habe ich es dir nicht gleich gesagt? Aber natürlich – du musstest ja durchaus nach Afrika reisen! Da hast du nun dein Afrika! Wie gefällt es dir?

Was seine Lage noch unerträglicher machte, war der allerdings peinliche Umstand, dass er von seiner Lagerstätte aus bequem hören konnte, wie die übrigen Passagiere im großen Salon lachten, speisten, sangen und Karten spielten. Die Gesellschaft, die sich an Bord des »Zuaven« befand, war nämlich ebenso zahlreich wie lebenslustig und vergnügt. Es befanden sich einige Offiziere darunter, die vom Urlaub in ihre Garnisonen zurückkehrten, ein paar Damen, die früher im »Alkazar« von Marseille engagiert gewesen waren, mehrere Schauspieler, ein reicher Muselmann, der von seiner Pilgerfahrt nach Mekka heimkehrte und ein montenegrinischer Prinz, der ein großer Spaßvogel war.

Von diesen allen bekam auch nicht einer die Seekrankheit. Sie scherzten und tranken fast unaufhörlich Champagner, und zwar meistens mit dem Kapitän des »Zuaven«, einem sehr dicken und sehr gemütlichen Marseiller, der eine Wirtschaft in Marseille und eine zweite in Algier hatte; er hörte übrigens auf den hübschen Namen Barbassou.

Tartarin wünschte alle Passagiere in den tiefsten Abgrund der Hölle, denn ihre Lustigkeit verdoppelte seine Leiden.

Endlich, es war am Nachmittag des dritten Tages, wurde es an Bord des Schiffes außergewöhnlich lebendig, sodass sogar der arme Kranke in seiner Kabine aus seiner Lethargie aufgerüttelt wurde. Die Glocke auf dem Vorderdeck ertönte; jetzt hörte er die Matrosen in ihren schweren Schuhen schnell über das Verdeck laufen.

»Maschine - vorwärts! ... ... Maschine rückwärts!« erschallte die heisere Stimme des Kapitäns Barbassou. »Maschine - halt!«

Nun gab's einen Ruck, einen kräftigem Stoß, und dann war alles ruhig. Das Dampfschiff legte sich so lautlos von der rechten auf die linke Seite, wie ein Ballon in freier Luft. Die befremdende Stille, die dem Lärm vorher plötzlich folgte, machte den Tarasconesen stutzig.

»Herr, erbarme dich unser! Wir scheitern!« schrie er mit gellender Stimme. Wie durch Zaubermacht hatte er seine alte Kraft wieder erhalten; er sprang aus dem Bette, griff nach seinen Waffen und stürzte auf das Verdeck.

Zu den Waffen! Zu den Waffen!

Das Schiff war nicht gescheitert, es war angelangt. Der »Zuave« fuhr in die Reede ein, eine sehr schöne Reede mit dunklem, tiefem Wasser, aber still und fast wie ausgestorben. Vor den Augen der Reisenden lag auf einem Hügel das weiße Algier ausgebreitet, mit seinen blendendweißen Häusern, die sich an das Meer hinunterzogen und von denen das eine so dicht an das andere gebaut war, dass es ganz so aussah, wie wenn die Bleicherinnen auf dem Hügel von Mendon ihre Wäschestücke nebeneinander auslegen. Über das alles spannte sich der Himmel in einer so herrlichen blauen Farbe, wie sie nur die Sonne und die Luft des Südens hervorzuzaubern vermögen.

Sobald der verehrte Herr Tartarin sich von seinem ersten Schrecken ein bisschen erholt hatte, betrachtete er das sich vor ihm entrollende Bild und lauschte ehrerbietig den Worten des montenegrinischen Prinzen, der neben ihm stand und ihm die verschiedenen Stadtteile nannte: die Kasba, die sogenannte Obere Stadt und die Straße Bab-Azun. Es war ein überaus liebenswürdiger Mensch, dieser montenegrinische Prinz! Und wie unterrichtet er war! Er kannte, nach seinen Reden zu urteilen, ganz Algerien und sprach das Arabische fließend. Tartarin nahm sich vor, sich so viel als möglich an ihn zu halten und diese Bekanntschaft recht zu kultivieren.

Plötzlich bemerkte er, dass von unten eine ganze Menge große schwarze Hände über der Brüstung, an der er mit dem Prinzen lehnte, auftauchten. Fast in demselben Augenblick erschien auch der kraushaarige Kopf eines Negers vor ihm, und bevor er noch den Mund zu einem Hilfeschrei öffnen konnte, wimmelte es auf dem Deck von fast hundert schwarzen und braunen Kerlen. Wie aus dem Boden gewachsen, so unerwartet waren sie gekommen, und immer noch drängten andere nach; wie Seeräuber kletterten sie an den Planken hinauf und schwangen sich über die Brustwehr – alle nur halb bekleidet, ein scheußlicher Anblick.

Tartarin erkannte sie sofort, diese Seeräuber. »Sie« waren es, die berüchtigten »sie«, die er nachts so oft vergeblich in den Straßen von Tarascon gesucht hatte. Endlich hatten »sie« sich entschlossen, zu kommen.

Im ersten Augenblick war er so überrascht, dass er keiner Bewegung fähig war. Sobald er aber sah, dass sich die Seeräuber auf das Passagiergepäck stürzten, die Segelleinwand, mit der es zugedeckt war, herunterrissen und sich offenbar an die Plünderung des Schiffes machten, kam er wieder zur Besinnung. Er zog sein Jagdmesser, schrie den übrigen Passagieren zu: »Zu den Waffen! Zu den Waffen!« und drang allen voran auf die Piraten ein.

»Was ist denn los? Was haben Sie denn? Was fällt Ihnen denn eigentlich ein?« fragte der Kapitän Barbassou, der gerade aus dem Zwischendeck heraufkam.

»Ah – Sie sind es, Kapitän! Schnell! Nur schnell! Bewaffnen Sie die Mannschaft.«

»Aber um Himmels willen, weshalb denn?«

»Sehen Sie denn nicht dort ...«

»Was denn?«

»Da ... da ... vor Ihnen ... die Piraten ...«

Der Kapitän Barbassou sah sich ganz erstaunt im Kreise um. In diesem Augenblick lief ein riesengroßer Neger an ihnen vorbei, der die Reiseapotheke des tarasconischen Helden auf seiner Schulter trug.

»Warte, du elender Halunke!«, schrie Tartarin und sprang mit gezücktem Messer auf ihn zu.

Barbassou hielt ihn zurück. Damit er nicht wirkliches Unheil anrichte, fasste er ihn an seinem Gürtel, zog ihn an sich heran und sagte: »Beruhigen Sie sich doch nur! Regen Sie sich und andere nicht auf! Es sind keine Piraten, in dieser Gegend gibt es seit sehr langer Zeit überhaupt keine Piraten mehr. Es sind Kofferträger.«

»Kofferträger?«

»Natürlich, Kofferträger, die das Gepäck der Passagiere ans Land bringen wollen. Seien Sie vernünftig und stecken Sie vor allen Dingen das Messer wieder in die Scheide. Dann geben Sie mir gefälligst Ihr Billett und gehen Sie ruhig hinter dem Neger her, den ich als einen ganz ehrlichen und braven Kerl kenne. Er wird Sie sicher ans Land bringen, und wenn Sie es wünschen, bis an ein Hotel.«

Tartarin wurde durch diese Aufklärung ein bisschen enttäuscht. Verwirrt gab er dem Kapitän sein Billett, folgte dem Neger und stieg auf einer Falltreppe in ein ziemlich großes Boot hinunter, das an der einen Langseite des Dampfers lag. Hier fand er seine sämtlichen Gepäckstücke vor, seine Koffer, seine Waffenkisten und seine Konserven. Da das Boot von ihm und seinem Gepäck ziemlich gefüllt wurde, brauchte man auf andere Passagiere nicht mehr zu warten. Der Neger, der vorhin seine Apotheke rauben zu wollen schien, hockte auf den Koffern; wie ein Affe hatte er sich niedergekauert und hielt die Kniee mit den Händen umschlungen. Ein anderer Neger ergriff die Ruder. Beide sahen ihren Fahrgast an, lachten und zeigten dabei ihre blendend weißen Zähne.

Der große Tarasconese stand hinten im Boot und machte das grimmige Gesicht, das der Schrecken seiner Mitbürger gewesen war. Er beobachtete gespannt jede Bewegung seiner beiden Begleiter, und seine Hand umfasste krampfhaft den Griff seines Messers. Denn ungeachtet der tröstlichen und beruhigenden Versicherungen Barbassous war er noch keineswegs von den friedlichen Absichten der ebenholzfarbigen Gepäckträger überzeugt, die ihren tarasconischen Standesgenossen so gar nicht ähnlich sahen.

Fünf Minuten später kam das Boot an der Landungsbrücke an, und Tartarin setzte den Fuß auf den kleinen

Berberquai, woselbst drei Jahrhunderte früher ein spanischer Galeerensklave, namens Miguel Cervantes, an der Ruderbank einen unvergleichlichen Roman ersann, den er betitelte: »Don Quijote«.

Ein Wort an Cervantes - Die Landung - Wo sind die Türken? - Enttäuschung!

O Miguel Cervantes von Saavedra! Wenn die Behauptung auf Wahrheit beruht, dass an jenen Orten, an denen große Menschen geweilt haben, etwas von ihrem Wesen, von ihrem Geiste zurückbleibt und die Luft durchdringt bis an das Ende aller Tage - wenn das wahr ist, dann muss der unsterbliche Teil von dir, der den Berberstrand umschwebt, seine innige Freude empfunden haben, als er Tartarin aus Tarascon ans Land steigen sah, diesen wunderlichen Typus des Südfranzosen, der in sich selbst die beiden Helden deines unsterblichen Werkes vereinigte - Don Quijote und Sancho Pansa.

Es war ein herrlicher, warmer Tag. Auf dem von der Sonne hell beleuchteten Quai promenierten fünf oder sechs Steuerbeamte; einige Algerier näherten sich den Ankömmlingen, um neue Nachrichten aus Frankreich zu erfahren; ein paar Mauren hockten im Kreise und rauchten aus langen Pfeifen; maltesische Matrosen brachten Fischnetze ans Land, durch deren Maschen Tausende von Sardinen wie kleine Silberstücke schimmerten.

Kaum hatte Tartarin den Fuß aufs Festland gesetzt, als sich der Quai auch belebte und seine Umgebung ein vollständig anderes Gepräge erhielt. Eine Bande Eingeborener, die noch abscheulicher aussahen als die Seeräuber des Bootes, erhob sich von den Steinen des Strandes und stürzte auf den Fremden zu – große Araber, die außer einem Leinenkittel nichts auf dem Leibe hatten, kleine, in Lumpen gehüllte Mauren, Neger, Tunesen, Mulatten, Hotelkellner mit weißen Schürzen. Alle lachten, schrien, fassten ihn an den Ärmeln, an den Rockschößen, am Kragen und stritten sich um sein Gepäck. Der eine nahm seine Konserven, der andere seine Reiseapotheke, und alle nannten ihm in wirrem Durcheinander empfehlenswerte Hotels mit sonderbar klingenden Namen.

Es war ein heilloser Trubel.

Der arme Tartarin wusste gar nicht, wie ihm geschah. Er lief hierhin und dorthin, schimpfte, fluchte, schlug um sich, um wenigstens seine Gepäckstücke zusammenzubehalten, und da er nicht wusste, wie er sich dieser unzivilisierten Horde verständlich machen sollte, sprach er bald französisch, bald provenzalisch, ja selbst lateinisch – soviel er davon noch behalten hatte: Rosa – die Rose, bonus, bona, bonum – das war so ziemlich alles, was er noch wusste.

Vergebliche Mühe! Niemand hörte auf ihn. Da kam glücklicherweise ein kleiner Mann herbei, der einen langen Rock mit gelbem Kragen trug und einen großen Stock als Waffe führte. Er kam dem Reisenden zu Hilfe, wie die Götter bei Homer, wenn sie ihre Lieblinge im Handgemenge bedroht sahen. Mit seinem Stocke jagte er die aufdringliche Gesellschaft auseinander. Es war ein algerischer Polizeibeamter. Er wandte sich nun sehr höflich an Herrn Tartarin, empfahl ihm im Hotel de l'Europe abzusteigen, winkte einige in der Nähe stehende

Kellner dieses Hotels herbei und sorgte dafür, dass sie ihn und sein Gepäck auf mehreren Karren davonführten.

Schon bei den ersten Schritten, die er in Algier tat, machte Tartarin von Tarascon große Augen. Eine orientalische Stadt hatte er sich früher ganz anders vorgestellt. Er glaubte, sie müsste einen feenhaften, geheimnisvollen Eindruck machen, sie müsste so etwa ein Mittelding zwischen Konstantinopel und Zanzibar sein. Und wie sah er sich nun enttäuscht. Er war wie aus den Wolken gefallen. Das war ja alles geradeso wie daheim in Tarascon: Cafés, Restaurants, breite Straßen, vier Stockwerk hohe Häuser. Auf einem kleinen, gut gepflasterten Platze spielte die Kapelle eines algerischen Linienregiments eine Polka von Offenbach; in der Nähe saßen einige Herren auf höchst eleganten Stühlen vor einem Kaffeehaus, tranken Bier und aßen Spritzkuchen. Da promenierten elegant gekleidete Damen, ein paar Kokotten, dann kamen Soldaten, ihnen folgten andere Soldaten, diesen wieder andere – wohin er blickte, sah er Soldaten ... aber keinen Türken, auch nicht einen einzigen, mit Ausnahme seiner eigenen Person.

Als er quer über den Platz gehen wollte, fühlte er sich einigermaßen geniert. Alle Welt blickte ihn erstaunt und neugierig an, die Militärkapelle hörte sogar zu spielen auf, und die hübsche Polka von Offenbach blieb sozusagen mit einem Fuße in der Luft hängen.

Die beiden Flinten auf der Schulter, den Revolver im Futteral an der Seite, so ging Herr Tartarin, ernst und würdevoll, wie Robinson Crusoe, an den Gruppen der Staunenden vorbei, ohne sie noch eines Blickes zu würdigen. Aber als er glücklich im Hotel angelangt war, verließen ihn doch seine aufs Höchste angespannten Kräfte. Die Abreise von Tarascon, der Hafen von Marseille, die Überfahrt, der montenegrinische Prinz, die Piraten, das alles ging ihm wirr durch den Kopf. Es sauste und brauste ihm in den Ohren, es flimmerte ihm vor den Augen. Nur mit Not und Mühe konnte er noch die Treppe hinaufsteigen, sein Zimmer betreten, die Waffen ablegen und sich entkleiden – das Hotelpersonal wollte sogar schon einen Arzt holen lassen.

Kaum hatte sich Tartarin jedoch zu Bett gelegt, als er auch schon einschlief und so kräftig und laut schnarchte, dass der Wirt einsah, die medizinische Wissenschaft sei hier nicht vonnöten. Leise zog er sich mit seinem Personal zurück.

Zum ersten Male auf Anstand

Die Uhr auf dem Regierungsgebäude verkündete eben die dritte Stunde, als Tartarin erwachte. Er hatte den ganzen Abend, die ganze Nacht, den ganzen Morgen über und noch ein gut Stück vom Nachmittag geschlafen. Was hatte der Fez aber auch für drei Tage der Aufregung hinter sich!

Als unser Held nun endlich wieder die Augen aufschlug, war sein erster Gedanke: »Nun bin ich also wirklich im Lande der Löwen.«

Du lieber Himmel! Warum hätte er sich das denn auch nicht sagen sollen? Allerdings – wenn er sich die Sache näher überlegte, wenn er bedachte, dass die Löwen so in seiner nächsten Nähe seien, kaum ein paar Schnitte von ihm entfernt, dass er sie nur zu locken brauchte – brr! Hierher! – dann wurde es ihm doch etwas unbehaglich. Es überlief ihn eiskalt und er verkroch sich unter seine Bettdecke.

Aber schon im nächsten Augenblick wich die Mutlosigkeit wieder. Von den Straßen drang der Schall eines regen Lebens und Treibens zu ihm, der Himmel war so blau, die Sonne schien so lustig in sein Zimmer, das Frühstück, das er sich an sein Bett bringen ließ, war so vortrefflich und der Wein von Crescia so ausgezeichnet, dass er seinen alten Heldenmut schnell wieder gewann.

»Zu den Löwen! Zu den Löwen!« rief er begeistert, sprang aus dem Bette und kleidete sich schnell an.

Er hatte folgenden Plan entworfen: Ohne einer Menschenseele etwas von seinem Vorhaben zu sagen, wollte er die Stadt verlassen, sich direkt in die Wüste begeben, die Nacht abwarten, sich in einen Hinterhalt legen und dann, sobald ein Löwe in seine Nähe kam – piff! paff! Am nächsten Morgen könnte er dann zur Frühstückszeit wieder im Hotel de l'Europe sein, die Glückwünsche der Einwohner von Algier entgegennehmen, einen Wagen mieten und nach der Stelle fahren, an der er die Bestie erlegt hatte.

Er bewaffnete sich schnell, nahm seinen Zeltschirm auf den Rücken – die mittlere Stange des Gestells ragte ihm weit über den Kopf – und ging steif wie ein Stock die Treppe hinunter und auf die Straße hinaus. Da er nun niemand nach seinem Wege fragen wollte, denn er fürchtete, auf diese Weise könnten seine Absichten erraten werden, wandte er sich erst schnell nach rechts, ging dann immer gerade aus bis an das Ende der Arkaden Bab-Azun, wo ihn das Volk der jüdischen Händler von Algier, die in ihren dunkeln Läden wie die Spinnen in ihrem Netze lauerten, beim Vorübergehen anstaunte; darauf ging er quer über den Theaterplatz, gelangte in die Vorstadt und endlich auf die große, staubige Landstraße nach Mustapha.

Hier herrschte ein buntes Leben und Treiben: Omnibusse, Fiaker, Equipagen, Militär-Trainwagen, große mit Ochsen bespannte Heukarren fuhren vorüber; da kamen einige Bataillone afrikanischer Jägerregimenter, dort Herden kleiner, fast zwerghafter Esel, dazwischen Negerinnen, die frischgebackene Brote zum Verkauf ausboten; hier nahten ein paar Wagen mit elsässischen Emigranten, dort sah man mehrere Spahis in ihren roten Mänteln – alles wogte vorbei in einer Wolke von Staub, von allen Seiten ertönte Schreien, Lachen, Singen, Trompetengeschmetter. Auf beiden Seiten der Straße sah man elende Häuschen, vor deren Türen sich große Frauen ungeniert die Haare kämmten, dann Schenken, voll von Soldaten, Fleischerläden, Abdeckereien usw. »Was wollen denn die Leute eigentlich mit ihrem berühmten Orient, von dem sie mir so viele Loblieder gesungen?« fragte sich Tartarin. »Hier gibt es ja nicht einmal so viele Türken wie in Marseille.«

Plötzlich sah er dicht vor sich ein großes Kamel vorüberlaufen; es stolzierte mit seinen langen Beinen so gravitätisch wie ein Truthahn einher.

Das ließ ihm das Herz höher schlagen.

»Schon Kamele! Da können die Löwen ja gar nicht mehr weit sein.« Und in der Tat, nach kaum fünf Minuten sah er wirklich einen ganzen Trupp Löwenjäger mit übergehängten Gewehren auf sich zukommen.

»Diese Hasenfüße!«, sagte er bei sich, als sie sich ihm bis auf wenige Schritte genähert hatten. »Diese Hasenfüße! Gehen diese Menschen truppweise auf die Löwenjagd und nehmen sogar Hunde mit.«

Dass man in Algerien auch etwas anderes jagen könne als Löwen, fiel im auch nicht im Traume ein. Übrigens hatten die Leute solche treuherzigen Gesichter - es schienen sämtlich kleine Kaufleute zu sein, die sich zur Ruhe gesetzt hatten - und dann kam ihm die Art und Weise, mit Hunden und Jagdtaschen auf die Löwenjagd zu gehen, so rührend naiv vor, dass Tartarin dem Verlangen nicht widerstehen konnte einen von diesen Herren anzureden.

»Übrigens, gute Jagd hier, Kamerad?«

»Nicht gerade schlecht«, erwiderte jener und musterte mit erstauntem Blicke den Fremden, der aussah, als ziehe er in den Krieg und nähme gleich ein ganzes Zeughaus mit.

»Haben Sie etwas geschossen?«

»O ja, es geht an, sehen Sie einmal!« Der algerische Jäger zeigte seine Jagdtasche, die mit erlegten Kaninchen und Waldschnepfen vollgepfropft war.

»Was denn? Da - in Ihrer Jagdtasche? Sie stecken die Beute in Ihre Jagdtasche?«

»Na, wohin soll ich sie denn sonst stecken?«

»Ja –, aber ... aber dann waren es wohl ganz junge?«

»Junge und alte«, entgegnete jener. Dann empfahl er sich schnell und lief seinen Gefährten nach, um möglichst bald wieder in der Stadt zu sein.

Der unerschrockene Tartarin war vor Verwunderung wie angedonnert mitten auf der Straße stehen geblieben. Endlich fasste er sich, und nach einem Moment der Überlegung sagte er: »Pah! Schwindel! Es sind Aufschneider! Sie haben überhaupt nichts geschossen.«

Damit setzte er seinen Weg fort.

Schon wurden die Häuser zu beiden Seiten der Straße immer seltener, und er begegnete auch immer weniger Leuten. Die Nacht brach herein, die Dinge ringsum waren kaum noch erkennbar. Tartarin von Tarascon marschierte noch eine halbe Stunde lang. Endlich machte er Halt. Es war mittlerweile vollständig dunkel geworden. Der Mond war noch nicht aufgegangen, aber zahllose Sterne funkelten am Himmel. Kein menschliches Wesen war weit und breit zu entdecken. Trotzdem sagte sich der große Mann sehr richtig, dass die Löwen keine Postwagen seien und keine Vorliebe für die große Heerstraße haben dürften. So ging er denn kurz entschlossen querfeldein. Bei jedem Schritte stolperte er über Gräben, Sträucher und Wurzeln, aber das kümmerte ihn nicht. Immer vorwärts! Hieß die Losung.

Plötzlich blieb er stehen. »Es liegt etwas Eigentümliches in der Luft«, sagte er und zog prüfend mit der Nase die Luft ein. »Ganz gewiss, hier sind Löwen!«

Piff! Paff! Puff!

Er befand sich auf einer weiten Ebene, deren Boden mit allerhand seltsamen Pflanzen bedeckt war, wie sie nur die Vegetation des Orients hervorbringt und die das Aussehen wilder Tiere haben. Im matten Sternenlichte kamen sie ihm noch größer, noch seltsamer vor, weil sie mit ihren langen Schatten nach allen Seiten in eins verschwammen. Zur rechten Hand sah man die Umrisse einer sich weithin erstreckenden Bergkette – das konnte ganz gut der Atlas sein. Links befand sich das Meer; man sah es nicht, aber das Rollen und Rauschen der Brandung verriet seine Nähe. Das war der richtige Fleck, um auf wilde Tiere auf den Anstand zu gehen.

Die eine Flinte in den Händen, die andere vor sich, um sie in jedem Augenblick ergreifen zu können, so hatte sich Tartarin auf ein Knie niedergelassen und wartete. Er wartete eine Stunde, er wartete zwei Stunden – nichts rührte sich. Da fiel ihm etwas ein, was er in seinen Büchern gelesen hatte, dass nämlich die großen und berühmten Löwenjäger immer, wenn sie auf die Jagd gehen, eine junge Ziege mit sich nehmen. Sie binden sie einige Schritte vor sich an und bringen sie zum Meckern, indem sie an einem Bindfaden ziehen, der an einem Bein des Tieres befestigt ist.

Leider hatte der biedere Tarasconese aber keine Ziege mitgenommen; da kam er auf die ausgezeichnete Idee, die Lockrufe mit eigener Stimme nachzuahmen und fing mit möglichst feiner Stimme zu meckern an: »M–ä–ä! M–ä–ä!« Erst meckerte er ganz leise, denn im Grunde der Seele fürchtete er, ein Löwe könne es hören und sich wirklich täuschen lassen. Als er aber merkte, dass sich noch immer nichts rührte, wurde er kühner und blökte lauter: »M-ä-ä! M-ä-ä!«

Noch immer kein Erfolg.

Nun wurde er ungeduldig und M-ä-ä! M-ä-ä! M-ä-ä! Schrie er so laut und kräftig in die Nacht hinein, dass die Töne weniger von einer Ziege als von einem Ochsen herzurühren schienen.

Da tauchte plötzlich, nur wenige Schritte von ihm entfernt, ein dunkler riesengroßer Körper auf. Tartarin gab keinen Laut von sich, er wagte kaum, zu atmen.

Das geheimnisvolle Wesen duckte sich nieder, richtete sich dann wieder auf, beschnüffelte den Erdboden, drehte sich im Kreise herum, schien sich entfernen zu wollen, kehrte aber plötzlich zurück und blieb ganz nahe vor ihm stehen - das war der Löwe, kein Zweifel, das war er! Jetzt konnte man auch seine vier kurzen Füße erkennen, den Umriss seines mächtigen Nackens und zwei Augen - zwei Augen, die wie Kohlen glühten, leuchteten aus dem Dunkel. Das Gewehr an die Wange! Feuer! Piff! Paff! Da war's geschehen. Nun rasch einen Sprung rückwärts und das Jagdmesser in die Faust genommen.

Als der Tarasconese Feuer gegeben, ertönte ein schreckliches Geschrei.

»Aha! Das hat gesessen!« rief Tartarin voll Entzücken. Dann stellte er sich fest auf beide Füße, um dem Angriff des verwundeten Tieres zu begegnen. Das aber war anderer Ansicht; es hatte an dem Schuss mehr als genug, wandte sich um und lief brüllend davon.

Tartarin rührte sich nicht vom Flecke; er erwartete das Weibchen, ganz wie er es in seinen Jagdgeschichten gelesen. Unglücklicherweise aber kam das Weibchen nicht. Nach zwei bis drei Stunden vergeblichen Wartens fühlte sich der große Tarasconese sehr abgespannt. Die Erde war feucht, die Nacht frisch, und vom Meere wehte ein ziemlich scharfer Wind herüber.

»Wie wäre es, wenn ich mich hier ein bisschen aufs Ohr legte, bis es wieder Tag ist?«, sagte er sich. »Wenn ich meinen Schattenspender aufspanne, hält er den Wind ab, und ich bin sicher vor dem Rheumatismus.«

Gedacht – getan! Aber weiß der Teufel, wie es zuging, der Mechanismus des Schattenspenders war so famos konstruiert, dass es seinem Besitzer trotz aller Anstrengungen nicht gelingen wollte, ihn aufzuspannen.

Eine volle Stunde schlug er sich mit dem Dinge herum – alles Bemühen war vergeblich. Der verdammte Schattenspender wollte sich nicht aufspannen lassen, gerade wie manche Regenschirme ihren Trägern einen solchen Streich spielen, wenn eben ein Wolkenbruch herniederstürzt. Des vergeblichen Kampfes mit dem hartnäckigen Dinge überdrüssig, warf es der Tarasconese schließlich zu Boden und legte sich selbst darauf, um wenigstens nicht auf bloßer Erde kampieren zu müssen. Dabei fluchte er so grässlich, wie eben nur ein Südfranzose fluchen kann.

»Trara! Taterata!«

Tartarin fuhr aus dem Schlafe auf und richtete sich empor.

»Was gibt's?«

Es waren die Töne der Reveille, die in der Kaserne der afrikanischen Jäger in Mustapha geblasen wurde. Der

Löwenjäger blickte ganz erstaunt um sich und rieb sich die Augen, da er noch zu träumen meinte.

Er glaubte doch steif und fest mitten in der Wüste übernachtet zu haben – und wo sah er sich nun? Mitten auf einer Artischockenpflanzung; rechts war ein Feld mit Blumenkohl und links eines mit roten Rüben.

Eine Sahara mit Küchengemüse!

Fast in unmittelbarer Nähe sah er das ziemlich hochgelegene Mustapha auf den im freundlichsten Grün schimmernden Abhängen, und kleine, weiße algerische Villen, die im Morgensonnenlicht glänzten. Man hätte glauben mögen, man befände sich in der Umgebung von Marseille, wo auch Schlösser und Villen die Anhöhen krönen.

Nochmals sah sich Tartarin um. Kein Zweifel, er war in die Gemüsefelder geraten. Wie gemein, wie prosaisch sah das alles aus. Es stimmte seine gute Laune ganz bedeutend herab.

»Die Leute hier sind übrigens toll«, sagte er dann nach einigem Überlegen. »Pflanzen diese Menschen ihre Artischocken im Machtbereich der Löwen. Denn ich habe doch nicht geträumt, die Löwen kommen während der Nacht bis hierher. Da ist ja sogar der Beweis ...«

Als Beweis betrachtete er die blutige Spur, die das fliehende Tier hinter sich gelassen hatte.

Nun begann die Verfolgung; genau dieser Spur nachgehend, nach allen Seiten umherspähend, den Revolver in der Hand, so drang der tapfere Tartarin von Artischocke zu Artischocke vor und kam endlich auf ein kleines Haferfeld.

An einer Stelle war das Korn ganz niedergetreten; die Spur endete hier in einer Blutlache, und mitten in dieser Lache wälzte sich, auf einer Seite liegend und mit einer tiefen Wunde im Kopf – was meint Ihr wohl?

Ein Löwe natürlich!

Nein! Ein Esel! Einer von jenen kleinen Eseln, die in Algerien überall zu finden sind und die man da unten allgemein Bourriquots nennt.

Das Weibchen – Fürchterlicher Kampf – Zum Stelldichein der Karnickel

Das erste Gefühl, das Tartarin beim Anblick seines bedauernswerten Opfers empfand, war Ärger und Wut, denn der Unterschied zwischen einem Löwen und einen Bourriquot ist doch ziemlich groß. Dann aber bemächtigte sich seiner großen Seele tiefstes und innigstes Mitleid. Das arme Eselchen – es war so niedlich und sah so unendlich gutmütig aus; es hatte sicherlich noch niemand etwas zuleide getan. Seine Brust, die noch ganz warm war, hob und senkte sich wie eine im Sturm gepeitschte Woge.

Tartarin kniete nieder und versuchte, mit einem Zipfel seines algerischen Gürtels das Blut zu stillen, das noch immer aus der Wunde des armen Tieres lief. Man kann sich kaum denken, wie rührend es mit anzusehen war, als der große Mann sich so sorgsam um den kleinen Esel bemühte. Bei der leisen Berührung mit dem Stoffe des Gürtels schlug der Bourriquot, dem schon fast alle Lebensgeister entschwunden waren, noch einmal seine großen grauen Augen auf, bewegte zwei- oder dreimal seine langen Ohren, als wollte er sagen: »Dank! Tausend Dank!« Dann lief noch einmal ein Zucken durch seinen ganzen Körper – und er bewegte sich nicht mehr.

»Noiraud! Noiraud!« schrie plötzlich eine von Angst und Sorge fast erstickte Stimme. Zu gleicher Zeit bewegten sich in dem nahen Gestrüpp die Zweige – Tartarin hatte kaum noch Zeit, aufzuspringen und sich zur Verteidigung bereit zu machen.

Er hatte die Nacht über auf das Weibchen gewartet. Nun, jetzt wurde sein Wunsch erfüllt, jetzt kam das Weibchen. Es nahte unter Kreischen und Schreien – es war ein altes, hässliches Weib, nach ihrer Kopfhaube zu schließen, eine Elsässerin. Mit einem roten Regenschirm bewaffnet, den sie drohend schwang, erschien sie auf dem Schauplatz, und als sie gesehen, was sich zugetragen hatte, wehklagte sie mit so gellender Stimme um ihren Esel, dass man es in den entlegensten Gassen Mustaphas gehört haben muss. Für Tartarin wäre es jedenfalls vorteilhafter gewesen, mit einer wütenden Löwin zusammenzutreffen, als mit diesem keifenden alten Weibe. Vergeblich machte der Unglückliche den Versuch, ihr in Ruhe auseinanderzusetzen, wie die ganze Geschichte zugegangen war, wie er Noiraud für einen Löwen gehalten hätte – die Alte glaubte, er habe sie noch zum Besten. »Schwindler! Alter Heuchler!« schrie sie in höchster Wut und überschüttete den Armen mit einem Hagel von Schirmschlägen. Tartarin war im ersten Augenblick ganz verdutzt; dann verteidigte er sich, so gut es ging und suchte die Hiebe mit seinem Gewehre zu parieren. Er musste bald nach rechts, bald nach links springen, bald sich ducken, schwitzte und prustete und schrie dabei immer: »Aber liebe Frau! Aber mein bestes Frauchen – «

Vergebliches Bemühen. Das beste Frauchen blieb taub für jede vernünftige Erklärung und bewies nur mit immer neuen Schlägen ihre Kraft und Ausdauer.

Glücklicherweise erschien jetzt eine dritte Person auf dem Kampfplatze. Es war der Gatte der Elsässerin, der ebenfalls aus dem Elsass stammte, hier bei Mustapha eine Schankwirtschaft betrieb und sehr gut rechnen konnte. Er ließ sich alles erzählen, und als er wusste, um was es sich handelte und dass der Mörder seines Esels bereit war, den Preis seines Opfers zu erlegen, entwaffnete er seine Ehehälfte, und man verständigte sich bald.

Tartarin zahlte zweihundert Franken. Der Esel war vielleicht zehn Franken wert; zu diesem Preise kann man die Bourriquots auf allen arabischen Märkten kaufen. Dann wurde der arme Noiraud am Fuße eines Feigenbaums eingescharrt, und der Elsässer, der durch die Banknoten des Tarasconesen in sehr gute Laune versetzt war, lud unsern Helden ein, mitzukommen und in seiner, wenige Schritte entfernt an der Landstraße gelegenen Schenke ein Frühstück einzunehmen.

Die Jäger aus Algier frühstückten, wie er dabei bemerkte an jedem Sonntage bei ihm, denn die Ebene war außerordentlich reich an Wild und zwei Meilen im Umkreise gab es keinen Platz, wo mehr Kaninchen hausten als gerade hier.

»Und wie ist es mit den Löwen?«, fragte Tartarin höchst gespannt.

Der Elsässer sah ihn ganz erstaunt an, und als glaubte er nicht richtig gehört zu haben, wiederholte er: »Löwen?«

»Nun ja, wie ist es mit den Löwen? Bekommen Sie häufig welche zu sehen?« wiederholte der Ärmste schon etwas weniger zuversichtlich.

Der Schenkwirt lachte laut auf.

»Na, das hätte uns gerade noch gefehlt! Löwen! Was sollten wir denn mit denen anfangen?«

»Aber gibt's denn in Algerien überhaupt keine?«

»Meiner Treu! Ich habe noch keinen gesehen, und ich wohne nun doch schon an die zwanzig Jahre hier im Lande. Aber ich glaube gehört zu haben ... auch in den Zeitungen liest man zuweilen davon ... aber das ist viel weiter unten, im Süden ...«

Sie waren jetzt vor der Schenke angelangt. Es war ein richtiges Vorstadt-Wirtshaus, wie man sie in Vanves oder in Pantin bei Paris sieht. Über dem Eingang hing ein ganz vertrockneter Zweig, an die Mauer waren ein paar Billardqueues gemalt, sowie die sehr harmlose Aufschrift:

»Zum Stelldichein der Karnickel«.

Das Stelldichein der Karnickel! O Bravida, welche teuere Erinnerung wurde da wachgerufen.

Geschichte eines Omnibus, einer Maurin und eines Rosenkranzes

Durch dieses erste Abenteuer hätten sich wohl die meisten anderen entmutigen lassen, aber ein so willensstarker Mann wie Tartarin ließ sich nicht so leicht irremachen.

»Die Löwen halten sich im Süden auf«, sagte der Held zu sich; »nun gut, ich werde also nach dem Süden aufbrechen.«

Sobald er den letzten Bissen seines Frühstücks hinunter hatte, stand er auf, dankte seinem gastfreundlichen Wirte, drückte ohne Groll der Alten die Hand, widmete dem unglücklichen Noiraud noch eine letzte Träne und machte sich dann auf, um nach Algier zurückzukehren. Er hatte die feste Absicht, seine sieben Sachen zu packen und noch an demselben Abend nach dem Süden aufzubrechen.

Unglücklicherweise schien sich die Landstraße, die Mustapha mit Algier verbindet, seit dem vergangenen Abend ganz unheimlich verlängert zu haben. Die Sonne schien mit sengender Glut, es gab furchtbaren Staub, und der verdammte Schattenspender war so schwer – Tartarin glaubte, er würde es nicht aushalten, zu Fuß den ganzen Weg bis zur Stadt zurückzulegen. Er wartete also auf den ersten vorbeifahrenden Omnibus, gab dem Kutscher ein Zeichen und stieg ein.

Ach, armer Tartarin! Wie viel besser wäre es für dich, für deinen Namen, für deinen Ruhm gewesen, wenn du nie einen Fuß in diesen für dich so verhängnisvollen Stellwagen gesetzt hättest, wenn du ruhig deinen Weg zu Fuß fortgesetzt hättest, selbst auf die Gefahr hin, vor Hitze, unter der Last des Schattenspenders und der beiden schweren doppelläufigen Gewehre ohnmächtig zusammenzubrechen. Als Tartarin eingestiegen, war der

Omnibus vollständig besetzt. Im Fond des Wagens saß, eifrig in einem Brevier lesend, ein schwarzbärtiger Vikar aus Algier, neben diesem ein junger maurischer Kaufmann, der dicke Zigaretten rauchte. Dann kam ein maltesischer Matrose und vier oder fünf Maurinnen, deren Gesichter von weißen Schleiern umhüllt waren, sodass man von ihnen nichts als die Augen sehen konnte. Diese Damen kamen vom Grabe Abd-el-Kaders, wo sie ihre Andacht verrichtet hatten; der fromme Zweck ihrer Fahrt schien sie aber durchaus nicht ernsthaft gestimmt zu haben. Man hörte, dass sie hinter ihren Schleiern lachten und kicherten und dabei eifrig Konfekt naschten. Tartarin glaubte zu bemerken, dass die Damen ihn sehr aufmerksam betrachteten. Eine besonders, die ihm gegenüber saß, hatte ihren Blick auf sein Gesicht geheftet und sah ihn während der ganzen Fahrt unverwandt an. Obgleich sie verschleiert war, so sagte ihm doch der feurige, lebenslustige Blick der großen schwarzen Augen, das reizende und zierliche, mit goldenen Armbändern geschmückte Handgelenk, das zuweilen zwischen den Schleiern sichtbar wurde, der silberhelle Ton ihrer Stimme, die graziösen, fast kindlichen Bewegungen des Kopfes, dass sein Gegenüber jung, schön, mit einem Worte anbetungswürdig sei. Der bedauernswerte Mann wusste bald nicht mehr, was er vor Verlegenheit machen sollte. Der stumme Ausdruck der Zuneigung, der in diesen schönen orientalischen Augen lag, verwirrte ihn, beunruhigte ihn. Er hätte in den Boden sinken mögen; ihm wurde heiß, ihm wurde kalt ...

Um die Sache vollends auf die Spitze zu treiben, mischte sich nun gar noch der Pantoffel der Dame hinein. Er fühlte, wie das kleine reizende Pantöffelchen sich seinen plumpen Jagdstiefeln näherte, wie es gleich einem roten Mäuschen auf ihnen herumlief ...

Was sollte er tun? Sollte er den Blick, den Druck des Füßchens beantworten? Recht gern – aber die Folgen! .... Eine Liebesintrige im Orient, das ist der schrecklichste der Schrecken ... Mithilfe seiner regen südländischen Fantasie sah sich der gute Tarasconese im Geiste schon den Eunuchen in die Hände fallen, enthauptet, vielleicht gar in einen Sack genäht und ins Meer gerollt. Das kühlte ihn ein wenig ab.

Während diese Gedanken dem Biedermann durch den Kopf fuhren, setzte das Pantöffelchen ruhig seinen Spaziergang auf dem Jagdstiefel fort, und die großen Augen seines Gegenübers blickten ihn so bittend, so verlangend an wie zwei Blumen aus schwarzem Samt, die zu sagen schienen: »Pflücke uns!«

Der Omnibus hielt. Man war auf dem Theaterplatz, am Beginn der Straße Bab-Azun angelangt. Die Maurinnen zogen ihre Schleier fester zusammen, und eine nach der andern stieg leicht und graziös, nur etwas behindert durch die großen Beinkleider, aus dem Wagen. Tartarins Schöne erhob sich zuletzt, und sie neigte sich dabei so weit zu ihm hinüber, dass er den Hauch ihres Atems fühlte – o, welch ein wonnevoller, berauschender Hauch! Welch ein Duft von Jugend und Frische, von Jasmin, Muskat und Konfekt. Der Tarasconese konnte nicht mehr widerstehen. Trunken vor Liebe, zu allem bereit, stürzte er der Maurin nach. Auf das Geräusch seiner schweren Schritte hin wandte sie sich um, legte einen Finger an ihren Schleier, wie um ihn zur Vorsicht und zum Schweigen zu ermahnen; mit der andern Hand warf sie ihm einen kleinen parfümierten, nach Jasmin duftenden Rosenkranz zu. Tartarin von Tarascon war nicht geschickt genug, ihn aufzufangen. Er bückte sich, um ihn von der Erde aufzunehmen; da er aber erstens von Natur ein wenig korpulent und zweitens sehr schwer beladen und bewaffnet war, so ging das nicht so leicht vonstatten, und er gebrauchte geraume Zeit, bis er sich wieder aufgerichtet hatte.

Als er endlich, den nach Jasmin duftenden Rosenkranz an sein Herz drückend, wieder auf den Füßen stand, war die Maurin verschwunden.

Schlummert ruhig ihr Löwen im Atlas!

Schlummert ruhig, ihr Löwen im Atlas! Schlummert und träumt in euren Höhlen und Schlupfwinkeln, unter den Aloes und Cactus'. Ihr könnt, für die nächste Zeit wenigstens, ganz unbesorgt sein – Tartarin wird euch jetzt noch nicht den Garaus machen. Augenblicklich hat er seine feldmäßige Ausrüstung abgelegt; seine Waffenkisten, seine Reiseapotheke, seinen Schattenspender, seine Konserven – alles liegt wohlverwahrt im Hotel de l'Europe in einer Ecke des Zimmers Nr. 36.

Schlummert ruhig, ihr großen gelben Löwen; der Tarasconese sucht seine Maurin. Seit seinem Abenteuer im Omnibus glaubt der Unglückselige immer auf seinem Fuß, auf seinem großen Trapperfuß das Krabbeln des kleinen roten Mäuschens zu fühlen. Wenn der Wind vom Meere herüberweht, so glaubt er immer – was er auch dagegen tun mag – jenen entzückenden, berauschenden Wohlgeruch von Konfekt und Jasmin einzuatmen.

Er muss seine Maurin wiederfinden!

Das ist aber durchaus nicht so leicht und einfach. Wie soll man in einer Stadt mit einer Bevölkerung von hunderttausend Seelen jemanden wiederfinden, von dem man nichts kennt als den Atem, die Pantoffeln und die Farbe der Augen? Ein solches Abenteuer zu unternehmen, das kann nur ein von Liebeskummer verzehrter Tarasconese fertigbringen.

Das Schlimmste dabei war, dass alle Maurinnen in ihren weißen Schleiern sich einander zum Verwechseln ähnlich sahen. Außerdem gingen diese Damen überhaupt nicht viel aus, und wenn man sie sehen wollte, so musste man sich schon bequemen, in die sogenannte obere Stadt zu gehen, in das arabische Viertel, in die Stadt der Türken. Diese obere Stadt ist eine wahre Mördergrube; sie wird aus lauter engen und winkeligen Gässchen gebildet. Die düsteren Häuser auf beiden Seiten der Gassen sind so gebaut, dass sie nach vorn überneigen und die gegenüberliegenden Dächer einander berühren. Der Raum darunter gleicht also mehr einem Durchgange als einer Straße. Alle diese Häuser haben niedrige Türen, kleine, blinde, trübselig vergitterte Fenster. In beiden Häuserreihen sind finstere Kramläden, in denen die menschenscheuen Türken mit ihren Seeräubergesichtern, ihren blitzenden Augen und blendend weißen Zähnen lange Pfeifen rauchen und sich so leise unterhalten, als ob sie böse Pläne schmiedeten.

Wenn man sagen wollte, dass unser Freund Tartarin sich ohne Beklemmung und Herzklopfen in dieses Verbrecherviertel begab, so müsste man lügen. Im Gegenteil; er war sehr aufgeregt, und der Biedermann bewegte sich in den Gässchen, deren ganze Breite er fast mit seinem dicken Bauche einnahm, nur mit der größten Vorsicht vorwärts, wobei er sich nach allen Seiten ängstlich umblickte, in jedem Mauervorsprung einen Hinterhalt witterte, und um sein Leben wenigstens so teuer als möglich zu verkaufen, den Finger auf den Drücker seines geladenen Revolvers hielt. Es war geradeso wie damals, als er noch in Tarascon des Abends in seinen Klub ging. In jedem Moment war er gewärtig, dass ihn eine Bande Eunuchen und Janitscharen hinterrücks anfallen würde – aber das Verlangen, die Dame seines Herzens wiederzufinden, hieß ihn allen Gefahren Trotz bieten und gab ihm die Kraft und die Kühnheit eines Riesen.

Acht Tage lang trieb sich der unerschrockene Tataren schon in der oberen Stadt herum. Bald sah man ihn wie einen Kranich auf und ab spazieren vor den maurischen Bädern und die Stunde abwarten, zu der die Maurinnen fröstelnd nach dem Bade in Trupps das Badehaus verließen; bald wieder hockte er vor der Türe einer Moschee und entledigte sich schwitzend und stöhnend seiner schweren Stiefel, um in den geheiligten Raum eintreten zu dürfen.

Manchmal bei Einbruch der Nacht hörte der Tarasconese, wenn er liebeskrank und tiefbekümmert nach neuen vergeblichen Nachforschungen vor den Bädern und in den Moscheen zurückkehrte, beim Vorübergehen an den Häusern der Mauren eintönige Gesänge, das gedämpfte Klingen einer Gitarre, das Rasseln von Tambourins und zuweilen auch leises Lachen aus Frauenmund, das ihm das Herz höher schlagen ließ.

»Vielleicht ist sie es!«, sagte er dann zu sich selbst.

Nochmals sah er sich vorsichtig um, und wenn die Straße ganz vereinsamt war, ergriff er den schweren Klopfer und schlug leise, ganz leise und zaghaft an die niedrige Türe. Sofort brachen die Lieder ab, das Lachen verstummte; man hörte hinter den Mauern ein leises Huschen und Rauschen, wie in einem Vogelbauer, dessen Insassen man aus dem Schlafe aufstört.

»Aufgepasst!«, dachte dann der Held. »Ich ahne es, jetzt wird sich etwas ereignen.«

Meistenteils traf seine Ahnung ein, und es ereignete sich wirklich etwas. Es wurde ihm nämlich ein Topf kaltes Wasser auf den Kopf gegossen oder man bewarf ihn mit Apfelsinenschalen und Feigen. Harte Gegenstände bekam er aber glücklicherweise nie an den Kopf.

Schlummert ruhig, ihr Löwen im Atlas!

Prinz Gregor von Montenegro

Mittlerweile waren vierzehn Tage ins Land gegangen. Der unglückliche Tartarin suchte noch immer seine geheimnisvolle algerische Dame, und er würde sie aller Wahrscheinlichkeit nach noch heute suchen, wenn ihm die Vorsehung, die sich ja stets der Liebenden annimmt, nicht Hilfe gesandt hätte in Gestalt eines montenegrinischen Ehrenmannes.

Das ging aber so zu: Während des ganzen Winters veranstaltet das große Theater von Algier an jedem Samstagabend einen Maskenball, ganz wie die Große Oper in Paris. Es ist auf diesen Bällen so langweilig und öde, dass man meinen könnte, man wäre in der Provinz und nicht in der reich bevölkerten Hauptstadt. Im Saale sieht man nur sehr wenig Menschen: ein paar Stammgäste von Bullier oder dem Kasino, die sich hierher verlaufen haben, einige tolle Mädels, die hinter dem Militär her sind, dann ein paar Stutzer in fadenscheinigen Kostümen, Masken, die offenbar einst bessere Tage gesehen haben, endlich fünf, sechs niedliche Wäscherinnen, die emporkommen wollen, aber noch aus ihrer tugendhaften Zeit etwas von Knoblauch und Safransaucen-Duft an sich haben.

Das Hauptinteresse der Besucher richtet sich auch nicht auf diesen Saal, vielmehr auf das Foyer, das an solchen Ballabenden, den veränderten Verhältnissen entsprechend, zum Spielsalon umgewandelt ist. Eine bunt zusammengewürfelte, fieberhaft erregte Menge drängt sich hier um die langen grünen Tische. Hier sieht man Turcos auf Urlaub die dicken Sousstücke aufs Spiel setzen, die sie sich irgendwo erst geliehen haben, da sind maurische Kaufleute aus der oberen Stadt, Neger, Malteser, Ansiedler aus dem Innern des Landes, die vierzig Meilen zurückgelegt haben, um hier Hasard spielen zu können und auf ein As das Geld für den eben verkauften Pflug oder die Koppel Ochsen zu setzen. Alle sind bleich und zittern vor Erregung, alle pressen die Zähne zusammen und haben den eigentümlich unruhigen, schiefen, schielenden Blick der Spieler, den sie bekommen, wenn sie unentwegt immer dieselbe Karte im Auge haben.

Nicht weit davon sieht man algerische Judenstämme familienweis spielen. Die Männer tragen den orientalischen Kaftan und geschmacklose blaue Strümpfe, auf dem Haupte Samtkäppchen. Die aufgedunsenen, bleichen Frauen sitzen steif und unbeweglich in ihren engen, mit Goldmünzen und Goldstickerei verzierten Miedern. Sie gruppieren sich nach Familien um die Tische, schreien, lärmen, zählen an den Fingern ab, spielen aber wenig. Nur von Zeit zu Zeit, erhebt sich nach langen Beratungen ein altes Familienoberhaupt, das man mit seinem langen weißen Barte für einen der Erzväter halten könnte, geht zum Spieltisch und riskiert den Familiendouro. Solange nun das Spiel dauert, sind die funkelnden Augen der Hebräer auf den Spieltisch gerichtet, glühende schwarze Magnetaugen, die die Goldstücke auf dem Tische zum Tanzen zu bringen und schließlich wie mit Fäden an sich heranzuziehen scheinen.

Hat das Spiel einige Zeit gedauert, dann beginnt regelmäßig ein Skandal. Man gerät miteinander in Streit - Flüche und Verwünschungen werden laut in Sprachen aus aller Herren Ländern - Messer werden gezogen - die Polizei wird herbeigeholt - inzwischen ist dem einen oder dem andern sein Geld gestohlen ...

Mitten in dieses wüste Treiben war nun der große Tartarin eines Abends hineingeraten, als er Zerstreuung suchte, um sein Leid zu vergessen und den Frieden seiner Seele wieder zu finden.

Der Held ging allein in der Menschenmenge umher; trotz seiner festen Absicht musste er immer wieder an seine Maurin denken. Da ertönten plötzlich an einem der Spieltische laute Rufe, dazwischen klangen Goldstücke, endlich wurde alles übertönt durch das Geschrei zweier sich streitenden Personen.

»Ich sage Ihnen, dass mit zwanzig Franken fehlen, mein Herr!« ...

»Herr!« ...

»Nun? ... Was denn, mein Herr?« ...

»Sie scheinen nicht zu wissen, mit wem Sie sprechen!«

»Ich bin auch gar nicht neugierig, es zu erfahren«!

»Mein Herr, ich bin der Prinz Gregor von Montenegro!«

Als Tartarin diesen Namen hörte, war er ganz entzückt. Er drängte die Umstehenden zur Seite, bahnte sich einen Weg bis in die vorderste Reihe, froh und stolz, seinen Prinzen wiedergefunden zu haben, jenen so außerordentlich liebenswürdigen montenegrinischen Prinzen, dessen flüchtige Bekanntschaft er an Bord des Paketbootes gemacht hatte. Leider schien der Prinzentitel, durch den sich der gute Tarasconese so sehr hatte blenden lassen, auf den Offizier des Jägerregiments, mit dem der Prinz in Streit gekommen war, auch nicht den mindesten Eindruck zu machen.

»Na, da bin ich ja an eine sehr hohe Persönlichkeit geraten«, sagte der Offizier mit einem spöttischen Lächeln. Dann wandte er sich zu den Zuschauern um und fragte: »Kennt jemand von Ihnen Gregor von Montenegro? ... Niemand!«

Entrüstet trat Tartarin einen Schritt vor.

»Verzeihung! Sie irren sich! Ich kenne den Prinzen!« sagte er mit fester Stimme und im unverfälschten tarasconischen Dialekt.

Der Offizier des Jägerregiments sah ihn einen Augenblick erstaunt an, dann zuckte er die Achseln.

»So? Das ist ja recht hübsch. Dann teilen Sie sich mit ihm in die zwanzig Franken, die mir fehlen. Wir brauchen uns darüber ja nicht länger zu streiten.«

Damit wandte er ihm den Rücken zu und verlor sich in der Menge.

Tartarin war wütend; er wollte ihm nacheilen, aber der Prinz verhinderte ihn daran.

»Lassen Sie nur, lassen Sie nur! Ich werde die Sache schon selbst abmachen.«

Damit ergriff er den Tarasconesen am Arm und zog ihn schleunigst mit hinaus.

Als sie auf dem Platze vor dem Theater angelangt waren, nahm Prinz Gregor von Montenegro seinen Hut ab, streckte unserm Helden die Hand hin und sagte mit zitternder Stimme:

»Herr Barbarin – « (er erinnerte sich nämlich des Namens nicht mehr genau).

»Tartarin!«, wagte der andere bescheiden zu äußern.

»Tartarin oder Barbarin ... das tut ja nichts zur Sache. Wir sind jetzt verbunden auf Leben und Tod!«

Und der edle Montenegriner drückte ihm kräftig und energisch die Hand. Man kann sich denken, wie stolz der Tarasconese war.

»Prinz – Prinz – «, stammelte er in freudiger Bestürzung.

Eine Viertelstunde später saßen die beiden Herren im Restaurant »Zu den Platanen«, einer sehr eleganten Wirtschaft, die während der ganzen Nacht geöffnet ist und von deren Terrassen man Ausblick auf das Meer genießt. Bei einem sehr schweren russischen Salat und einer Flasche trefflichen Weins aus Crescia schlossen sie hier nochmals den Bund der Freundschaft.

Man kann sich wirklich nicht leicht einen einnehmenderen Menschen vorstellen, als diesen montenegrinischen Prinzen. Er war schlank, sehr elegant, seine krausen Haare waren sorgfältig frisiert, sein Bart sauber ausrasiert. Auf der Brust trug er eine Menge zum Teil recht sonderbarer Orden. Sein Blick war schlau, seine Bewegungen langsam und nachlässig – das alles gab ihm in Verbindung mit seiner an das Italienische anklingenden Aussprache viel Ähnlichkeit mit Mazarin, nur dass er keinen Schnurrbart trug. Er schien übrigens auch im Lateinischen tüchtig beschlagen zu sein, denn bei jeder Gelegenheit zitierte er Tacitus, Horaz usw. Spross eines alten erbangesessenen Fürstenhauses, schien er von seinen Brüdern jedoch seit seinem zehnten Lebensjahr wegen seiner zu liberalen Gesinnung verbannt zu sein, und reiste seitdem zu seiner Belehrung und seinem Vergnügen in der Welt herum. Ein Prinz, eine Hoheit – und Philosoph! Welch seltene Erscheinung!

Der Prinz war auch drei Jahre lang in Tarascon gewesen, und als Tartarin nun bescheiden seine Verwunderung aussprach, ihm nie im Klub oder auf der Promenade begegnet zu sein, sagten Se. Hoheit ausweichend:

»Ich ... ich ging wenig aus.« Tartarin war diskret und wagte nicht weiter zu fragen. Alle hochgestellten und berühmten Persönlichkeiten haben ja bekanntlich ihre merkwürdigen Eigenheiten. Alles in allem – dieser Gregor war wirklich ein außerordentlich liebenswürdiger und netter Mensch. Er trank ein Glas Cresciawein nach dem andern, hörte geduldig und freundlich zu, als Tartarin ihm von seiner Maurin erzählte, und machte sich anheischig, mithilfe seiner vielen Bekanntschaften unter diesen Damen ihm die so schmerzlich Ersehnte bald zurückzuführen.

Man trank viel und lange; man stieß an »Auf die Damen von Algier!« »Auf das freie Montenegro!«

Draußen am Fuße der Terrasse rollte die Brandung, und man hörte die Wellen im Dunkeln gegen das Ufer schlagen, dass es klang, wie wenn nasse Fahnen im Winde klatschen. Die Luft war so warm und der Himmel voller Sterne ... Eine Nachtigall sang in den Platanen ...

Die Rechnung aber bezahlte Tartarin.

Nenne mir den Namen Deines Vaters, und ich will Dir sagen wie diese Blume heißt

Auf die montenegrinischen Prinzen lasse ich durchaus nichts kommen. Am Morgen nach jenem Abend im Restaurant »Zu den Platanen«, es war noch ganz früh am Tage, trat der Prinz von Montenegro in das Zimmer des Tarasconesen.

»Schnell, schnell! Kleiden Sie sich an! Ihre Maurin ist schon gefunden. Sie heißt Baja, ist zwanzig Jahre alt, schön wie der junge Tag, und schon Witwe.«

»Witwe? Das trifft sich ja herrlich!« rief der brave Tartarin hocherfreut aus, der gegen alle orientalischen Ehemänner Misstrauen hegte.

»Ja, aber sie wird von ihrem Bruder sehr streng überwacht und gehütet.«

»Ach ... dass ihn der Teufel! ....«

»Es ist ein sehr bärbeißiger Maure, der Tabakspfeifen im Basar Orleans verkauft.«

Ein längeres Stillschweigen trat auf diese Mitteilung ein.

»Aber nur vorwärts!« nahm der Prinz wieder das Wort. »Ich weiß ja, dass Sie nicht der Mann sind, der vor einem so kleinen Hindernis zurückschreckt. Man wird schließlich auch an dieses Ungetüm von Bruder herankommen können – vielleicht, indem man ihm einige Pfeifen abkauft. Aber schnell! Kleiden Sie sich doch endlich an, Sie glücklicher Schwerenöter!«

Bleich vor Erregung und mit stürmisch klopfendem Herzen sprang Tartarin aus dem Bette, knöpfte seine geräumigen Flanellunterhosen hastig zu und fragte:

»Was glauben Sie wohl, dass ich jetzt beginnen soll!«

»Das ist doch sehr einfach. Schreiben Sie an Ihre Dame und bitten Sie um ein Stelldichein.«

»Versteht sie denn französisch?«, fragte der naive Tartarin ganz enttäuscht. Er träumte von einem von der Kultur noch unbeleckten Orient.

»Nein, sie versteht kein Wort davon«, erwiderte der Prinz mit unerschütterlicher Ruhe. »Sie können ja aber mir den Brief diktieren, und ich werde ihn beim Niederschreiben übersetzen.«

»O Prinz! Sie überhäufen mich mit Güte!«

Der Tarasconese ging schweigend und mit großen Schritten in seinem Zimmer auf und ab. Er sammelte seine Gedanken und überlegte, welche Fassung er diesem Briefe geben sollte.

Man darf eben nicht vergessen, dass man an eine Maurin in Algier nicht wie an eine Nähmamsell in Beaucaire schreiben kann. Glücklicherweise kam es unserem Helden sehr zustatten, dass er so viele in fremden Ländern spielende Romane gelesen hatte. Nun war ihm die Möglichkeit gegeben, die bei den Apachen-Indianern üblichen Redewendungen (frei nach Gustav Aimard) mit denen zu vermischen, die er in Lamartines »Reise in den Orient« gefunden hatte; dazwischen brachte er einige dunkle Erinnerungen aus dem »Hohen Liede« an, und so schweißte er den schönsten orientalischen Brief zusammen, den man sich nur denken kann. Er begann mit den Worten:

»Wie der Strauß im Wüstensande – « und schloss mit dem Satze:

»Nenne mir den Namen deines Vaters, und ich will dir sagen, wie diese Blume heißt!«

Zugleich mit diesem Briefe wollte der romantische Tartarin seiner Angebeteten auch einen Blumenstrauß senden, aus dessen Zusammenstellung sie seine Gefühle erkennen sollte, wie dies im Orient nun einmal Sitte ist.

Prinz Gregor hielt es aber für vorteilhafter, bei dem Bruder einige Pfeifen zu kaufen. Auf diese Weise könne sich der Liebhaber bei dem gefährlichen Bruder in Gunst setzen, und außerdem würde er damit auch seiner Dame, die eine passionierte Raucherin sei, ein großes Vergnügen bereiten.

»Sehr gut! Sehr gut! Also kaufen wir schnell die Pfeifen!« rief Tartarin in leicht begreiflichem Eifer.

»Nein! Nein – nur nicht so hitzig! Lassen Sie mich vorläufig allein hingehen. Ich werde die Sache schon vorsichtig und geschickt einfädeln.«

»Wie? Sie wollen ... Sie selbst ... Oh, Prinz ... Prinz!« ... Und der gute Mann, der solcher Gefälligkeit gegenüber ganz verlegen wurde, gab dem zuvorkommenden Montenegriner seine volle Börse und bat ihn nur noch vor allen Dingen nichts zu sparen, und alles zu tun, was die Dame seines Herzens erfreuen und zufriedenstellen könnte. Unglücklicherweise gedieh die Geschichte, so gut sie auch eingeleitet war, nicht so, wie man es wohl hoffen durfte. Wie es schien, war die Maurin selbst durch Tartarins Huldigungen sehr gerührt und schon von vornherein sehr für ihn eingenommen; sie hätte ihn am liebsten gleich empfangen, aber der Bruder machte allerlei Einwendungen; um ihn einigermaßen zufrieden zu stellen, musste man seine Pfeifen dutzendweise, grosweise, ja schließlich in ganzen Ladungen kaufen.

»Was zum Teufel fängt denn Baja nur mit allen diesen Tabakspfeifen an?«, fragte sich der arme Tartarin wiederholt, aber er bezahlte immer von Neuem und ohne zu handeln.

Endlich, endlich - nachdem er Berge von Pfeifen angekauft und seine Dame in seinen Briefen mit Fluten orientalischer Poesie überschüttet hatte, da endlich wurde ihm ein Stelldichein gewährt.

Ich brauche wohl kaum zu erzählen, mit welchem Herzklopfen sich der Tarasconese auf dieses große Ereignis vorbereitete, mit welch peinlicher Sorgfalt er seinen wilden Mützenjägerbart stutzte, putzte und parfümierte. Übrigens vergaß er auch nicht, da Vorsicht bei keiner Gelegenheit schaden kann, einen mit Spitzen versehenen Schlagring und zwei oder drei Revolver in die Tasche zu stecken.

Der immer sehr dienstfertige Prinz wollte diesem ersten Stelldichein beiwohnen, gewissermaßen als Dolmetscher. Die Dame wohnte in der oberen Stadt. Vor ihrem Hause stand ein junger Maure im Alter von dreizehn bis vierzehn Jahren und rauchte eine Zigarette. Das war der famose Ali, der mehrfach erwähnte Bruder. Als er das Nahen der beiden Besucher bemerkte, klopfte er zweimal an die Türe und zog sich dann bescheiden zurück.

Die Tür öffnete sich. Es erschien eine Negerin, die, ohne zu fragen oder auch nur ein einziges Wort zu sagen, die Herren über den engen, inneren Hof in ein kleines, angenehm kühles Gemach führte. Hier erwartete die Dame, auf einem Diwan ruhend, den Ankömmling.

Im ersten Augenblick schien es dem Tarasconesen, als sei diese Schöne etwas kleiner und auch etwas stärker als jene Maurin im Omnibus. Wie, wenn es gar nicht dieselbe wäre?

Aber dieser Verdacht zuckte nur wie ein Blitz durch Tartarins Hirn. Die Dame war so anziehend mit ihren nackten Füßchen, ihren rundlichen, reich mit Ringen geschmückten Fingern, so rosig, so allerliebst; die Falten des bunten Gewandes ließen einen so niedlichen, etwas wohlbeleibten, molligen Körper vermuten. Sie hielt das Bernstein-Mundstück eines Nargileh im Munde und stieß leichte, duftende Rauchwölkchen aus, die sie wie eine Glorie umgaben.

Beim Betreten des Zimmers legte der Tarasconese die Hand aufs Herz und versuchte, so gut es ging, sich nach maurischer Weise zu verbeugen, wobei er voller Leidenschaft seine Augen rollen ließ.

Baja sah ihn einen Augenblick sprachlos an; dann ließ sie das Mundstück des Nargileh aus dem Munde gleiten, warf sich zurück, bedeckte das Gesicht mit beiden Händen, und an der Bewegung ihres weißen Halses, der wie ein mit Perlen gefüllter Beutel erschüttert wurde, erkannte man, dass sie toll und unbändig lachte.

Sidi Tar'tri ben Tar'tri

Wenn man des Abends in eins der algerischen Kaffeehäuser der oberen Stadt tritt, so kann man noch heute hören, wie sich die Mauren mit Augenzwinkern und feinem Lächeln von einem gewissen Sidi Tar'tri ben Tar'tri erzählen, einem sehr liebenswürdigen und reichen Europäer, der vor mehreren Jahren im oberen Stadtviertel wohnte mit einer kleinen niedlichen Einheimischen zusammen, die Baja hieß.

Dieser Sidi Tar'tri, dem man in der Kasbah solch gutes Andenken bewahrt, war, wie der Leser sicherlich schon erraten hat, kein anderer als unser Tartarin.

Was soll man dazu sagen? Im Leben der Helden gibt es eben, gerade wie in dem der Heiligen, Stunden der Verirrung, der Blindheit, der Schwäche. Der große Tartarin machte hierin so wenig eine Ausnahme wie ein anderer, und so hatte er denn seit zwei Monaten die Löwen und den Ruhm vollständig vergessen, berauschte sich an orientalischer Liebe und gab sich, wie Hannibal in Capua, den Genüssen hin, die ihm das weiße Algier darbot.

Der gute Mann hatte im Herzen des arabischen Stadtviertels ein hübsches, nach einheimischer Art gebautes Häuschen gemietet mit Innenhof, Bananenbäumen, kühlen Galerien und Springbrunnen. Dort lebte er fern vom Lärm des Tages, gemeinsam mit seiner Maurin, er selbst jetzt von Kopf bis Fuß ein Maure; während des ganzen Tages fast rauchte er seine Nargileh und aß mit Moschus gewürzte Konfitüren.

Baja lag ihm entweder auf einem Diwan gegenüber, eine Gitarre im Arm, und summte eintönige Lieder, oder führte, um ihren Herrn zu zerstreuen, den Bauchtanz auf. Dabei nahm sie einen kleinen Spiegel zur Hand und betrachtete in ihm ihre weißen Zähne oder schnitt auch ihrem Spiegelbilde Gesichter.

Da die Dame kein Wort Französisch sprach und Tartarin vom Arabischen nichts verstand, so stockte, wie sich denken lässt, die Unterhaltung zuweilen; das war für den sehr redseligen Tarasconesen die gerechte Sühne für das unaufhörliche Reden und Schwatzen, dessen er sich daheim beim Apotheker Bezuquet und beim Waffenschmied Costecalde schuldig gemacht hatte.

Aber diese Sühne ermangelte doch auch nicht eines gewissen Reizes. Er fand schließlich ein merkwürdiges Vergnügen darin, den ganzen Tag kein Sterbenswörtchen zu sprechen, sondern nur auf das Glucksen der Nargileh, das Klimpern der Gitarre zu hören und das leise Plätschern des Springbrunnens auf dem mit Mosaik eingelegten Hof. Die Nargileh, das Bad, die Liebe, sie füllten sein Leben vollständig aus. Nur selten verließ man das Haus. Manchmal ritt Sidi Tar'tri auf einem braven Esel, seine Angebetete hinter ihm, nach einem kleinen Garten, den er in der Nähe gekauft hatte, um dort Granatäpfel zu essen. In die von den Europäern bewohnte Stadt ging er niemals, durchaus niemals hinunter. Jenes Algier, mit seinen betrunkenen Zuaven, mit seinen Lokalen voller Offiziere, mit dem ewigen Säbelgerassel unter den Arkaden, jenes Algier, es erschien ihm unerträglich und hässlich wie eine Wachtstube im westlichen Europa.

Alles in allem genommen, war der Tarasconese sehr glücklich. Tartarin-Sancho fühlte sich besonders wohl; das türkische Konfekt mundete ihm vortrefflich, und er war noch mit keiner Lebenslage so vollkommen zufrieden gewesen wie mit der gegenwärtigen. Tartarin-Quijote fühlte zwar hin und wieder Gewissensbisse; wenn er gerade einmal an Tarascon und die versprochenen Löwenfelle dachte. Aber diese Gemütsstimmung hielt niemals lange an, und um sie vollständig zu vertreiben, genügte ein Blick aus Bajas dunkeln Augen oder auch ein Löffel voll jener dämonisch wirkenden, wohlriechenden und wohlschmeckenden Konfitüren, die die Sinne betören wie die Zaubertränke der Circe.

Des Abends kam gewöhnlich Prinz Gregor und erzählte ein bisschen vom freien Montenegro. Er war von einer unermüdlichen Gefälligkeit, dieser junge Herr, und hatte im Hause das Amt des Dolmetschers und im Bedarfsfalle sogar das des Verwalters übernommen, alles ohne Entgelt, bloß zu seinem Vergnügen.

Mit alleiniger Ausnahme dieses Juwels von einem Prinzen empfing Tartarin ausschließlich Türken bei sich. Alle diese Seeräuber mit ihren wilden Gesichtern, vor denen er jüngst noch solche Angst hatte, wenn er sie in ihren finsteren Kramläden sah, stellten sich jetzt, nachdem er sie kennengelernt hatte, als lauter harmlose Kaufleute, Spitzenhändler, Krämer, Pfeifendrechsler usw., heraus, alles sehr wohlerzogene, bescheidene und dabei schlaue und pfiffige Leute. Meister im Bouillottespiel, verbrachten diese Herren vier- oder fünfmal in der Woche ihre Abende bei Sidi Tar'tri, gewannen ihm im Spiel sein Geld ab, aßen ihm seine Konfitüren auf und entfernten sich still mit dem Glockenschlag Zehn unter Danksagungen an den Propheten.

Sobald sie gegangen waren, begaben sich Sidi Tar'tri und seine treue Gattin auf ihre Terrasse, eine große weiße Terrasse, die zugleich das Dach des Hauses bildete und von der man die Aussicht auf die ganze Stadt genoss. Ringsumher sah man da tausend ähnliche weiße Terrassen, sie lagen still und ruhig, vom Monde beleuchtet; staffelförmig erstreckten sich die Straßen und Gassen bis zum Meere hinab. Hin und wieder trug der Windhauch verklingende Gitarrentöne herüber.

Plötzlich wurde dann die tiefe Stille der Nacht durch eine klare Melodie unterbrochen, deren Töne wie ein Bündel Sterne zum Himmel aufstiegen, und auf dem Minarett der in der Nähe belegenen Moschee erschien ein schöner Muezzin. Seine weiß gekleidete Gestalt hob sich scharf vom tiefblauen Nachthimmel ab. Er sang ein Lied zum Lobe Allah's, mit einer wunderbaren Stimme, die weithin die Luft erfüllte.

Dann ließ Baja die Gitarre aus dem Arme gleiten, und ihre großen, auf den Muezzin gerichteten Augen schienen mit Entzücken das Gebet einzuschlürfen. So blieb sie während der ganzen Dauer des Gesanges erschauernd, verzückt, wie eine heilige Therese des Orients. Tartarin betrachtete sie tiefbewegt beim Beten und dachte bei sich, dass ein Glaube, dem seine Anhänger mit solcher Inbrunst dienten, wohl ein schöner, mächtiger Glaube sein müsse.

Tarascon, verhülle dein Angesicht! Dein Tartarin ist auf dem besten Wege, ein Renegat zu werden.

Man schreibt uns aus Tarascon

Eines schönen Nachmittags, die Luft war entzückend lau und lind, der Himmel glänzte im herrlichsten Blau, kam Sidi Tar'tri auf seinem Maultier von seinem Gärtchen zurück, und zwar allein. Neben seinen Beinen hingen zu beiden Seiten des Tieres zwei Beutel mit Granatäpfeln und Wassermelonen. Eingewiegt vom Geklirr seiner Steigbügel, mit seinem ganzen Körper dem Hin und Her des Tieres folgend, so trottete der Biedermann durch eine reizende Gegend daher. Er hatte die Hände über dem Bauche gefaltet, die Augen fast geschlossen und war von der Wärme, von der eintönigen, gleichmäßigen Bewegung und dem eben genossenen Mahle dreiviertel eingeschläfert.

Plötzlich wurde er beim Einreiten in die Stadt so laut angerufen, dass er erschrocken aus seinem Traume erwachte. »Holla, hol' mich der Teufel! Man sollte wirklich meinen, das sei der Herr Tartarin!«

Als er seinen Namen ausrufen hörte, als er den ihm so lieblich klingenden südfranzösischen Dialekt vernahm, hob der Tarasconese den Kopf und sah, kaum zwei Schritte von sich entfernt, das sonnenverbrannte Gesicht des Herrn Barbassou, des Kapitäns vom »Zuaven«, der vor der Türe eines kleinen Kaffeehauses einen Absinth trank und seine Pfeife rauchte.

»Sieh da, Barbassou! Gott zum Gruß!« rief Tartarin und hielt seinen Esel an.

Statt nun irgendetwas zu sagen, starrte Barbassou den Reitersmann mit weit aufgerissenen Augen an, dann brach er in ein Lachen aus. Er lachte so laut und so unbändig, dass Sidi Tart'ri, der schon hatte absteigen wollen, nun seinerseits ganz verdutzt dreinschaute und bei seinen Wassermelonen sitzen blieb.

Endlich fand Barbassou die Sprache wieder.

»Potz Turban, mein armer Herr Tartarin! ... Es ist also wirklich wahr, was man mir erzählt hat? Sie sind Türke geworden? .... Und die kleine Baja – singt sie noch immer Marko la belle?«

»Marko la belle?«, sagte Tartarin höchst unangenehm berührt, »was soll das heißen? Sie müssen wissen, Kapitän, dass die Person, von der Sie sprechen, ein sehr ehrenwertes maurisches Mädchen ist, und dass sie kein Wort Französisch versteht.«

»Baja - kein Wort Französisch? ... Das nehme mir keiner übel. - Was sind Sie denn für ein Landsmann, dass sie so etwas glauben?«

Der dicke Kapitän fing wieder zu lachen an, und diesmal womöglich noch lautet als vorher. Als er aber sah, dass Sidi Tart'ris Gesicht länger und länger wurde, mäßigte er seine Heiterkeit etwas.

»Nun - nun -, es kann ja sein, dass es nicht dieselbe ist. Nehmen wir also an, ich hätte mich geirrt. Aber, mein lieber Herr Tartarin, eins will ich Ihnen doch sagen, und Sie tun wohl daran, wenn Sie sich danach richten: Misstrauen Sie allen Maurinnen aus Algier und allen Prinzen aus Montenegro.«

Tartarin richtete sich in den Steigbügeln auf und machte sein grimmiges Gesicht.

»Der Prinz ist mein Freund, Kapitän!«

»Gut, schon gut! Ereifern wir uns deswegen nicht! ... Wollen Sie einen Absinth trinken? Nein? Haben Sie etwas in der Heimat zu bestellen? Ich fahre bald wieder einmal hinüber ... Nichts? ... Auch gut! Dann wünsche ich Ihnen also auch weiter eine angenehme Reise. Aber halt, Landsmann! Ich habe hier sehr guten französischen Tabak. Soll ich Ihnen ein paar Pfeifen voll abgeben? Nehmen Sie, nehmen Sie doch nur ruhig, er wird Ihnen sicherlich schmecken. Dieser verdammte türkische Tabak taugt ja doch nichts, er verwirrt einem nur den Kopf.« Dann kehrte der Kapitän wieder zu seinem Absinth zurück und Tartarin setzte, tief in Gedanken versunken, seinen Weg fort und trottete langsam seinem kleinen Hause zu. Obwohl es seiner großen Seele widerstrebte, auch nur ein Wort von dem zu glauben, was er gehört hatte, war er durch die Andeutungen Barbassous doch missgestimmt worden, und das umso mehr, als die wohlbekannten Flüche und die ganze, ihn an seine Heimat erinnernde Redeweise des Seemannes aufs Neue sein Gewissen wachgerufen hatten.

In seiner Wohnung fand er niemand vor. Baja war im Bade. Die Negerin, seine Dienerin, erschien ihm hässlich, sein Haus öde und leer. Es ergriff ihn jetzt zum ersten Male eine ganz unerklärliche Schwermut; da setzte er sich denn an seinen Springbrunnen nieder und stopfte sich eine Pfeife mit Barbassous Tabak. Dieser war in ein Stück des »Sémaphore« eingewickelt. Als Tartarin das Papier auseinanderfaltete, fiel sein Blick sogleich auf den Namen seiner Vaterstadt, und er las:

Man schreibt uns aus Tarascon:

»Unsere ganze Stadt ist in Aufregung und Sorge. Tartarin, der Löwentöter, der auszog, um die großen Katzen in ihrer afrikanischen Heimat aufzusuchen und zu erlegen, hat nun schon seit mehreren Monaten nichts von sich hören lassen. Was ist aus unserem heldenmütigen Mitbürger geworden? Man wagt kaum, einander diese Frage vorzulegen, denn seine Kühnheit, sein Mut, sein Tatendrang und seine Abenteuerlust sind nur zu bekannt. Wurde er gleich so vielen seiner Genossen in der heißen Wüste dahingerafft oder sollte er vielleicht gar dem mörderischen Zahne eines der wilden Ungeheuer aus dem Atlas, deren Felle er der Bürgerschaft zu senden versprach, zum Opfer gefallen sein? Schreckliche

Ungewissheit! Einige afrikanische Kaufleute, die den Markt in Beaucaire besuchten, behaupten übrigens, mitten in der Wüste einem Europäer, dessen Personalbeschreibung auf unsern Helden passt, begegnet zu sein; derselbe hatte die Absicht, seine Reise in der Richtung nach Timbuctu fortzusetzen. Gott schütze und erhalte unsern Tartarin!«

Als der Tarasconese dies las, wurde er bald blass, bald rot; ein Zittern überlief ihn. Ganz Tarascon stand plötzlich vor seinem geistigen Auge. Er sah den Klub, die Mützenjäger, den grünbezogenen Sessel bei Costecalde, und über allem schwebte, wie ein Adler mit ausgebreiteten Fittichen, der große Schnurrbart des tapferen Kommandanten Bravida.

Und als er nun bedachte, wo er war und was er hier trieb, als er sich auf schwellendem Diwan an der plätschernden Fontaine müßig liegen sah, während man allgemein glaubte, er sei im wilden Kampfe mit den Bestien begriffen und ertrage heldenmütig die größten Strapazen, da schämte sich Tartarin vor sich selbst; heiße Tränen stiegen ihm in die Augen – er weinte.

Plötzlich ermannte sich der Held. Er sprang von seinem Polster auf und rief:

»Zu den Löwen! Zu den Löwen!«

Er stürzte in die staubige Rumpelkammer, wo der Schattenspender, die Reiseapotheke, die Konserven, die Waffenkiste schlummerten und zog sie mitten in den Hof.

Tartarin-Sancho hatte ausgelebt; jetzt blieb nur noch Tartarin-Quijote übrig.

Er ließ sich kaum so viel Zeit, sich von dem guten Zustand seiner Ausrüstung zu überzeugen, sich zu bewaffnen, sich vollständig reisefertig zu machen, die großen Jagdstiefel wieder anzuziehen, einige Worte an den Prinzen zu schreiben, um Baja seiner Fürsorge anzuvertrauen, kaum so viel Zeit, für die Dame selbst einige tränenbenetzte blaue Banknoten in einen Brief zu stecken – und schon rollte der tapfere Tartarin im Postwagen auf der Straße nach Blidah dahin und ließ zu Hause seine bestürzte schwarze Haushälterin bei der Nargileh, dem Turban, den Pantoffeln und Sidi Tart'ris übrigem muselmännischen Hausrat zurück, der nun unter den kleinen weißen Kleeblattbogen der Galerie ein kümmerliches Dasein fristete.

Bei den Löwen

Der alte Postwagen

Es war eine alte Postkutsche aus früherer Zeit, die nach alter Art mit blauem, schon längst verblichenem Tuch ausgeschlagen war, mit ungeheuren Troddeln und Borten von grober Wolle, die einem nach wenigen Stunden Fahrt Rückenschmerzen verursachen.

Tartarin aus Tarascon hatte einen Eckplatz im Innern des alten Kastens; er richtete sich so gut wie möglich ein, und in Erwartung des eigentümlichen scharfen Geruches, den die großen afrikanischen Katzen um sich verbreiten, musste er sich einstweilen mit der guten, alten Postwagenluft begnügen, diesem merkwürdigen Gemisch von tausend Gerüchen nach Menschen, Pferden, Frauen und Leder, Esswaren und halbfaulem Stroh.

Ähnliche Vielseitigkeit herrschte in der Zusammensetzung der Reisegesellschaft. Da war ein Trappist, mehrere jüdische Kaufleute, zwei Kokotten, die einige Bekannte im dritten Husarenregiment besuchen wollten, und ein Fotograf aus Orleansville.

So bunt die Gesellschaft aber auch war und so amüsant sie sich untereinander auch unterhielt, Tartarin hatte doch keine Lust, an dem Gespräche teilzunehmen; nachdenklich saß er da, den einen Arm in der Armschlinge, seine Gewehre zwischen den Knien. Seine schnelle Abreise, Bajas schwarze Augen, die schreckliche, überaus gefährliche Jagd, auf die er sich jetzt begab – das alles ging ihm wirr durchs Gehirn, ganz abgesehen davon, dass diese europäische Postkutsche mit ihrem lieben altväterischen Aussehen, die er hier mitten in Afrika angetroffen hatte, dunkel das Tarascon seiner Kindheit, seine Ausflüge vor das Weichbild der Stadt, die kleinen mit Freunden veranstalteten Gelage am Ufer der Rhone, kurz eine Fülle schöner Erinnerungen in seiner Seele wachrief.

Allmählich brach die Nacht herein. Der Wagenführer steckte die Laternen an. Bald wurde es im Innern des Wagens still, und man hörte nichts mehr, als das Knarren und Quietschen des alten Kastens auf seinen verrosteten Federn, das gleichmäßige Aufschlagen der Pferdehufe und das Klingeln der Schellen; von Zeit zu Zeit ertönte oben unter der Leinenplane, die über das Verdeck geschlagen war, ein fürchterliches Rasseln und Klirren von Eisen – das waren die Waffenkisten.

Herr Tartarin war schon dreiviertel eingeschlummert; er amüsierte sich jetzt noch ein bisschen damit, der Reihe nach seine Reisegenossen zu betrachten, die im Schlafe bei jedem Stoße des Wagens bald nach der einen, bald wieder nach der andern Seite geschleudert wurden – es sah sehr komisch aus. Dann sah er keine Gestalten mehr, sondern nur noch närrische Schatten, und endlich wurde es ganz dunkel vor seinen Augen, seine Gedanken verschleierten sich, und nur halb im Traum hörte er noch das Kreischen der Räder und das seltsame Knarren der Wagenwände, das wie Ächzen und Stöhnen klang ...

Plötzlich ließ sich eine Stimme vernehmen wie die einer alten Hexe, eine recht heisere, krächzende Stimme, die den Tarasconesen bei seinem Namen rief: »Herr Tartarin! Herr Tartarin!«

»Ja – wer ruft mich?«

»Ich bin es, mein lieber Herr Tartarin! Kennen Sie mich nicht mehr? ... Ich bin ja dieselbe alte Postkutsche, die früher – ach, es sind jetzt an die zwanzig Jahre her – den Dienst zwischen Tarascon und Nimes hatte. Wie oft habe ich Sie gefahren, Sie und Ihre Freunde, wenn Sie in der Gegend von Joncquières oder Bellegarde auf die Mützenjagd gingen. Ich habe Sie im ersten Augenblicke gar nicht erkannt wegen Ihres Türkenfezes und des hübschen Schmerbauches, den Sie sich zugelegt haben; aber als Sie zu schnarchen anfingen, da erkannte ich Sie auf der Stelle wieder, Sie Tausendsappermenter!«

»Schon gut! Schon gut!« meinte der Tarasconese, etwas ärgerlich.

Dann fasste er sich jedoch und sagte besänftigt:

»Aber, meine liebe Alte, welcher Wind hat dich denn eigentlich hierher verschlagen?«

»Ach, mein lieber guter Herr Tartarin, freiwillig und gern bin ich nicht hierhergegangen, das kann ich Ihnen versichern. Als die Eisenbahn nach Beaucaire gebaut war, fand man mich zu nichts mehr nütze, und so schickte man mich denn hierher nach Afrika. O, glauben Sie nicht etwa, dass es mir allein so erging! Ich habe viele Schicksalsgenossinnen; fast alle Postkutschen in Frankreich wurden gleich mir zur Deportation verurteilt. Man fand, dass wir hinter der Zeit zurückgeblieben wären – und so sind wir hier verurteilt, ein Leben wie auf der Galeere zu führen, ein jammervolles Dasein, das man daheim in Frankreich algerische ›Eisenbahnen‹ nennt.

Die alte Postkutsche stieß einen tiefen Seufzer aus. Dann fuhr sie fort:

»Ach, mein lieber Herr Tartarin, wie vermisse ich mein schönes Tarascon. Was war das doch für eine schöne Zeit, die Zeit meiner Jugend! Da musste man mich sehen, wenn ich des Morgens fortfuhr, wie schön war ich gewaschen und wie glänzten meine neu lackierten Räder. Meine beiden Laternen glichen zwei Sonnen, und die Leinwand auf meinem Verdeck war immer so fein mit Öl eingerieben. Das war doch noch ein Leben, wenn der Postillon lustig mit seiner Peitsche knallte nach der Melodie des Lagadigadeou, die Tarasque, die Tarasque! Und wenn der Wagenführer, sein Horn am Bande und die gestickte Mütze keck auf dem Ohr, mit einem kräftigen Schwunge sein stets kläffendes Hündchen auf die Plane des Verdecks schleuderte und sich dann selbst mit dem Rufe: »Vorsicht! Vorsicht!« hinaufschwang. Dann griffen meine vier Pferde aus beim Klang der Schellen, unter Gebell und Trompetengeschmetter, alle Fenster öffneten sich, ganz Tarascon sah mit Stolz den Postwagen auf der großen Staatsstraße dahinrollen.

Ach ja, mein lieber Herr Tartarin! Das war eine herrliche Straße, so schön breit, so gut unterhalten; an den Seiten standen die Kilometersteine, da lagen kleine Haufen sorgfältig aufgeschichteter Steine zum Ausbessern; rechts und links große Flächen mit Olivenanpflanzungen oder Weinberge ... Alle zehn Schritt kam man an einem Wirtshause an, alle fünf Minuten gab's frischen Vorspann ... Und nun erst meine Insassen, die Reisenden, was waren das für brave Leute! Bürgermeister und Pfarrer, die nach Nimes zu ihrem Präfekten oder zu ihrem Bischof fuhren, die Seidenhändler, die von Mazet zurückkamen, Studenten, die in die Ferien gingen, Bauern in gestickten Blusen, frisch rasiert am Morgen, und endlich hoch oben, auf dem Verdeck, Sie alle, die Herren Mützenjäger. Sie waren immer so lustig und vergnügt, und jeder sang so schön »seine« Romanze am Abend, wenn die Sterne schienen bei der Heimkehr! ...

Jetzt – ach du lieber Himmel, jetzt sieht es ganz anders aus. Gott weiß was für Gesindel muss ich hier fahren; ein Haufen Ungläubiger, von denen kein Mensch ahnt, woher sie kommen, und die mich mit allerhand unangenehmen Insekten erfüllen; Neger, Beduinen, alte Haudegen, Abenteurer aus aller Herren Länder, zerlumpte Kolonisten, die mich mit ihren Pfeifen verpesten, und alle eine Sprache reden, die Gott der Herr selbst unmöglich verstehen kann.

Und dann sehen Sie bloß einmal, wie man mich behandelt. Niemals werde ich gewaschen oder gebürstet; man gönnt mir kaum noch das bisschen Wagenschmiere für meine Achsen. Anstelle meiner vier starken, großen, ruhigen Gäule, die mich früher zogen, gab man mir jetzt diese kleinen arabischen Pferde, die den Teufel im Leibe haben, sich beißen, ausschlagen, beim Laufen manchmal wie Ziegen zu hüpfen und zu springen anfangen und dabei meine Deichsel mit ihren Hufschlägen zerbrechen. Ach – o weh! Nicht so wild! ... Sehen Sie wohl, da fängt die Geschichte schon wieder an. Und nun erst die Wege! Wo wir augenblicklich uns befinden, ist es ja noch einigermaßen zu ertragen, weil wir noch in der Nähe der Regierungshauptstadt sind; aber weiter unten, mehr im Innern, da hört alles auf, da gibt es überhaupt keine Wege mehr. Da geht's vorwärts, wie es eben geht, über Berge, über Täler, durch Zwergpalmen und Pistazien hindurch ... Keine einzige Vorspannstation wird innegehalten; je nach der Laune des Wagenführers hält man bald an dem einen, bald an dem anderen Gehöft an. Manchmal lässt mich dieser Gauner sogar einen Umweg von zwei Meilen machen, wenn es ihm gerade einfällt, bei irgendeinem guten Freunde einen Absinth oder einen Champoreau (Milchkaffee mit Rum) zu trinken. Dann heißt's natürlich nachher: Nun fahr drauflos, Postillion! Die verlorene Zeit muss doch eingebracht werden. Die Sonne scheint glühend vom Himmel, der Staub brennt – immer drauflos mit der Peitsche! Man kommt an ein Hindernis, man wirft um – nur immer ärger drauf los gepeitscht! Man schwimmt durch Flüsse, man erkältet sich, man wird durch und durch nass, man ersäuft – drauf los, immer drauf los! Wenn es dann Abend wird, muss ich ganz triefend – und Sie können sich denken, wie gut mir das tut bei meinem Alter und meinem Rheumatismus – unter freiem Himmel in dem Hof irgendeiner Karawanserei übernachten, der nach allen Seiten dem Winde offen steht. In der Nacht kommen dann die Schakale und Hyänen und beschnuppern meine Kutschkasten, und allerhand obdachloses Gesindel, das sich vor dem Nachttau fürchtet, macht es sich hübsch warm in meinen Polstern. Sehen Sie, mein guter Herr Tartarin, das ist das Leben, das ich jetzt führe, und zu dem ich wohl verdammt sein werde, bis ich einmal, ausgetrocknet vom Sonnenbrand, angefault durch die feuchten Nächte, einfach nicht mehr weiter kann und in irgendeinem Winkel auf dieser verdammten Strecke zusammenbrechen werde; dann mögen sich die Araber ihren Kouskous mit den Überresten meines alten Kastens kochen ...

»Blidah! Blidah!« rief der Wagenführer und öffnete den Wagenschlag.

Der neue Fahrgast

Tartarin konnte durch die angelaufenen Fensterscheiben nicht genau die Umgebung mustern; nur undeutlich sah er einen Platz mit einer hübschen Unterpräfektur, eine regelmäßige Anlage, von Arkaden umgeben und mit Orangenbäumen bepflanzt, in deren Mitte kleine Bleisoldaten exerzierten, im ersten Scheine der Morgensonne. In den Cafés wurden die Fensterläden geöffnet, und in einer Ecke des Platzes bemerkte er auch einen Verkaufsstand für Gemüse. Das war alles ganz nett und schön, aber das sah alles noch nicht nach Löwen aus.

»Also noch südlicher, immer noch südlicher!«, murmelte der gute Tartarin und lehnte sich resigniert in seine Ecke zurück. In diesem Augenblick wurde die Wagentüre nochmals aufgerissen. Ein frischer Luftzug drang in den Wagen und brachte auf seinen Flügeln außer dem angenehmen Dufte der blühenden Orangen noch etwas mit, nämlich einen ganz kleinen Herrn, in einem nussbraunen Überrock. Der neue Fahrgast war alt, vertrocknet, sein Gesicht war voll Runzeln und Falten und nur so groß wie eine Faust. Die schmächtige Gestalt trug eine fünffingerbreite schwarzseidene Krawatte, eine Ledermappe und einen Regenschirm; sie machte ganz den Eindruck eines Dorfnotars.

Als der Ankömmling die kriegerische Ausrüstung des Tarasconesen, dem gegenüber er Platz genommen hatte, bemerkte, sah er ihn ganz überrascht an und wandte keinen Blick von Tartarin, der sich durch dieses unverwandte Anstarren einigermaßen geniert fühlte.

Inzwischen waren frische Pferde vorgespannt worden, und die Postkutsche setzte sich wieder in Bewegung ...

Der kleine Herr sah Tartarin noch immer an. Das wurde diesem schließlich denn doch zu arg, und er verzog den Mund nach seiner beliebten Art.

»Was fällt Ihnen denn an mir so sehr auf?«, fragte er sein Gegenüber und blickte nun auch seinerseits dem kleinen Herrn scharf ins Gesicht.

»O – gar nichts. Ich bin bloß etwas beengt«, erwiderte der Gefragte vollkommen ruhig. In der Tat nahm Herr Tartarin mit seinem Schattenspender, seinem Revolver, seinen beiden Gewehren in ihren Futteralen, seinem

Jagdmesser, von seinem natürlichen Körperumfang ganz abgesehen, ungebührlich viel Raum ein.

Die Antwort des kleinen Herrn erregte ihn.

»So? Glauben Sie etwa, dass ich auf die Löwenjagd mit Ihrem Regenschirm gehen kann?« sagte der große Mann im Gefühl gerechten Stolzes.

Der kleine Herr betrachtete seinen Regenschirm und lächelte dabei ganz eigentümlich. Dann sagte er, und zwar mit derselben unerschütterlichen Ruhe:

»Mein Herr, Sie sind also ...?«

»Tartarin aus Tarascon, Löwentöter!«

Der unerschrockene Tarasconese betonte jedes Wort nachdrücklichst und schüttelte dabei die Quaste an seinem Fez wie eine Mähne.

Eine Bewegung des Staunens lief durch den ganzen Postwagen.

Der Trappist bekreuzte sich, die Kokotten stießen einen leisen Schreckensschrei aus, und der Fotograf aus Orleansville rückte ganz nahe an den Löwentöter heran; er hegte im Stillen schon die Hoffnung, der große Mann werde ihm die Ehre erweisen, sich von ihm fotografieren zu lassen.

Nur der kleine Herr bewahrte seine Fassung.

»Haben Sie schon viele Löwen getötet, Herr Tartarin?«, fragte er, anscheinend sehr harmlos.

Der Tarasconese war jetzt in seinem Fahrwasser.

»Und ob ich schon viele getötet habe! Ich wünschte Ihnen, dass Sie noch so viele Haare auf dem Kopfe hätten.«

Alle Passagiere blickten lachend auf die drei blonden Haare, die auf dem Schädel des kleinen Herrn noch aushielten, als die letzten Reste entschwundener Pracht.

Jetzt nahm der Fotograf aus Orleansville das Wort. »Sie haben da eigentlich ein schreckliches und gefährliches Handwerk, Herr Tartarin. Es kann doch sehr leicht vorkommen, dass man Unglück hat ... So ging's ja auch dem armen Herrn Bombonnel.«

»Ach – ja, ich weiß, der Pantherjäger«, warf Tartarin mit wegwerfender Handbewegung ein.

»Kennen Sie ihn denn etwa?«, fragte der kleine Herr.

»Ich? ... Ob ich ihn kenne? ... Nun, das sollte ich meinen. Wir haben ja zwanzigmal zusammen gejagt.«

Der kleine Herr lächelte wieder ganz eigentümlich, genau wie vorher. Dann fragte er: »Sie jagen also auch Panther, Herr Tartarin?«

»Ja – so hin und wieder! Zum Zeitvertreib!« entgegnete der Tarasconese, der mit jedem Worte dreister wurde. Den Kopf zurückwerfend fügte er dann mit einer heroischen Geste, die das Herz der beiden Kokotten höher schlagen ließ, hinzu:

»Das will aber gar nichts sagen im Vergleich zur Löwenjagd!«

»Ich kann es mir wohl denken«, meinte der Fotograf aus Orleansville, »denn eigentlich ist so ein Panther doch nichts anderes als eine große Katze.«

»Ganz recht!« bekräftigte Tartarin, dem daran lag, Bombonnels Ruhm so viel als möglich zu verkleinern, besonders vor den Damen.

Jetzt hielt die Postkutsche; der Kondukteur öffnete den Wagenschlag und wandte sich zu dem kleinen Alten.

»Sie sind an Ort und Stelle, mein Herr!«, sagte er, und in seiner Miene wie in seinem Tone drückte sich höchste Ehrerbietung aus.

Der kleine Herr erhob sich, stieg aus dem Wagen, wandte sich aber, bevor er die Türe schloss, nochmals um.

»Würden Sie mir wohl gestatten, Ihnen einen Rat zu geben, Herr Tartarin?«

»Und der wäre, mein Herr?«

»Meiner Treu – hören Sie mich an! Sie sehen wie ein braver und sonst auch ganz vernünftiger Mensch aus – da will ich lieber ganz offen zu Ihnen reden. Kehren Sie möglichst schnell nach Tarascon zurück, Herr Tartarin! Sie würden hier bloß Ihre Zeit vergeuden. Es gibt hierzulande wohl noch eine ganze Anzahl Panther, aber – pfui Teufel! – das ist zu kleines Wild für einen Mann von Ihrer Art! Was nun aber die Löwen betrifft, mit denen ist's wirklich vorbei. In ganz Algerien gibt's jetzt keinen mehr, denn mein Freund Chassaing hat vor einiger Zeit den letzten getötet.

Darauf grüßte der kleine Herr freundlich, schlug die Wagentüre zu und ging mit seiner Ledertasche und seinem Regenschirm lachend von dannen.

»Kondukteur!«, rief Tartarin und verzog sein Gesicht – »Wer ist denn eigentlich dieser Mensch?«

»Wie – kannten Sie ihn denn nicht! Das war ja Herr Bombonnel!«

Die heiligen Löwen.

In Milianah stieg Tartarin aus und ließ den Postwagen seine Fahrt nach dem Süden fortsetzen.

Zwei Tage lang war er nun über die Gebühr durchgerüttelt und geschüttelt worden, zwei Nächte lang hatte er kein Auge zugetan und nur immer aus den Wagenfenstern gestarrt, ob er nicht auf den Feldern oder am Rande der Straße den furchtbaren Schatten eines Löwen erblicken würde; für alle diese Aufregungen hatte er wohl einige Stunden der Ruhe verdient. Dann muss auch hinzugefügt werden, dass der biedere Tarasconese sich seit dem Missgeschick, das ihn mit Bombonnel betroffen hatte, in dem Postwagen nicht mehr recht wohlfühlte. Er hatte, trotz seiner Waffen, seiner unheildrohenden Miene und seines roten Fez, bei dem Fotografen aus Orleansville und den beiden Damen, die im dritten Husarenregiment erwartet wurden, allen Kredit verloren.

Er ging nun die breiten, mit schönen Bäumen bepflanzten und mit lustig plätschernden Springbrunnen geschmückten Straßen von Milianah entlang. Vor allen Dingen wollte er ein passendes Hotel finden; so sehr er sich aber auch bemühte, ausschließlich an dieses nächstliegende Ziel zu denken, konnte er dennoch nicht verhindern, dass ihm immer wieder die Worte Bombonnels durch den Kopf gingen. Wenn er nun recht hätte? Wenn es in Algerien wirklich keine Löwen mehr gäbe? ... Wozu dann seine Reise, wozu dann alle Mühen und Strapazen?

Plötzlich, als unser Held um eine Ecke bog, sah er gerade vor sich – nun, man rate – einen prächtigen Löwen. Das Tier hatte sich vor der Türe eines Kaffeehauses niedergelassen; seine lange gelbe Mähne glänzte golden im Sonnenlicht.

»Was?«, schrie der Tarasconese, und machte erschrocken einen Satz nach hinten. »Was? Da wagt jemand zu sagen, es gäbe überhaupt keine mehr?«

Als der Löwe diesen Ausruf hörte, neigte er langsam den mächtigen Kopf, hob mit dem Maule einen hölzernen Teller auf, der vor ihm auf dem Straßenpflaster stand, und hielt ihn nach der Seite hin, auf der Tartarin stand, starr vor Staunen. Da ging ein Araber an dem Löwen vorüber und warf ein Soustück auf den Holzteller; das Tier wedelte, wie zum Zeichen des Dankes, mit dem Schweife. Jetzt verstand Tartarin alles. Jetzt bemerkte er auch, was ihm im ersten Augenblick der Erregung entgangen war, und was zu erkennen ihn wohl auch die Menschenmenge gehindert hatte, die sich um das königliche Tier drängte – der arme Löwe war blind und dressiert. Die beiden mit Knütteln bewaffneten Neger da waren jedenfalls die Löwenführer, die mit ihrem Zögling von Haus zu Haus zogen, wie daheim in Tarascon die Savoyarden mit ihren Murmeltieren.

Als der Tarasconese diese Entdeckung machte, stieg ihm das Blut zu Kopfe.

»Ihr Elenden!«, schrie er mit Donnerstimme; »wie könnt ihr es wagen, den König der Tiere so zu erniedrigen!«

Damit sprang er auf den Löwen zu und riss ihm den hässlichen Holzteller aus seinen königlichen Zähnen. Die beiden Neger glaubten, es mit einem Diebe zu tun zu haben und stürzten sich mit erhobenen Knütteln auf den Tarasconesen, und es begann eine fürchterliche Prügelei. Die Männer schlugen sich, die Weiber kreischten, und die Kinder, denen das alles offenbar ein großes Vergnügen machte, lachten unbändig. Ein alter jüdischer Flickschuster rief aus dem Innern seines Ladens: »Holt den Friedensrichter! Holt den Friedensrichter!« Selbst der Löwe, in der Nacht seiner Blindheit, versuchte es mit einem Brüllen, und nach verzweifelter Gegenwehr lag der bedauernswerte Tartarin überwunden zwischen dicken Soustücken und Kehricht am Boden.

In diesem Augenblick brach sich ein Mann durch die lärmende Menge Bahn, beruhigte die Neger, die Frauen und Kinder durch eine Handbewegung und ein Wort, hob Tartarin auf, bürstete, klopfte und trocknete ihm den Rock ab und ließ den gänzlich Erschöpften sich auf einen Prellstein setzen.

»Wie, Prinz – sehe ich recht? Sie sind es?«, rief der gute Tartarin, sich die Seiten reibend.

»Jawohl, ich bin es, mein tapferer Freund! Als ich Ihren Brief bekam, übergab ich Baja sofort meinem Bruder, mietete mir eine Extrapost und fuhr, so schnell die Pferde laufen konnten, fünfzig Meilen, um Sie gerade noch aus den Händen dieses Mordgesindels zu befreien. Aber mein Gott, wie konnten Sie sich denn überhaupt mit diesen Menschen einlassen? Wie begann denn diese böse Geschichte?«

»Was wollen Sie, Prinz? Ich sah diesen unglücklichen Löwen mit seinem Teller im Maule: geschlagen, erniedrigt, gedemütigt, diesem muselmännischen Lumpengesindel zum Gespötte ...«

»Aber, mein edler Freund, Sie sind da durchaus im Irrtum befangen. Dieser Löwe ist im Gegenteil für diese Leute ein Gegenstand der Anbetung und Verehrung. Es ist ein heiliges Tier und gehört einem großen Löwenkloster, das vor etwa dreihundert Jahren von Mohammed-ben-Auda begründet wurde, eine Art La Trappe, aber ein fürchterliches und gefährliches – erfüllt von dem Gebrüll und dem scharfen Geruche der Bestien. Einige Ordensbrüder ziehen Hunderte von Löwen auf und zähmen sie; die abgerichteten werden von da nach dem ganzen nördlichen Afrika geschickt in Begleitung von Bettelbrüdern. Die Gaben, die man dem Löwen spendet, dienen zum Unterhalt des Klosters und seiner Moschee.«

Herr Tartarin hörte mit großem Behagen diese seltsame und dabei doch gar nicht unwahrscheinliche Geschichte an. Er lächelte sogar und hatte offenbar die Püffe schon verschmerzt.

»Wissen Sie, was mir dabei am meisten gefällt?«, sagte er nach längerem Überlegen. »Dass es in Algerien überhaupt noch Löwen gibt, trotz der gegenteiligen Meinung des Herrn Bombonnel.«

»Und ob es welche gibt!«, rief der Prinz mit dem Ausdruck höchster Begeisterung. »Morgen brechen wir auf und ziehen in die Tiefebenen des Cheliff, da sollen Sie sehen! ...«

»Wie, Prinz? ... Sie wollen sich an der Jagd beteiligen, Sie auch?«

»Mein Gott, glauben Sie denn, ich würde Sie so mutterseelenallein ins Innere von Afrika vordringen lassen, mitten unter die wilden Völkerstämme, deren Sprache und Sitten Sie nicht kennen? ... Nein, das gebe ich nimmermehr zu, mein verehrtester Tartarin! Ich verlasse Sie nun nicht mehr ... Wo Sie sind, da will ich auch sein.«

»O – Prinz – Prinz ...«

Glückstrahlend drückte Tartarin den tapferen Gregor an sein Herz, in dem Gedanken, dass auch er wie Jules Gerard, Bombonnel und alle die anderen berühmten Löwenjäger einen fremdländischen Prinzen zum Gefährten bei seinen Jagden haben würde.

Die Karawane auf dem Marsche

In früher Morgenstunde des nächsten Tages brachen der unerschrockene Tartarin und der nicht minder heldenmütige Prinz Gregor mit einem Gefolge von einem halben Dutzend schwarzen Lastträgern von Milianah auf und stiegen in die Tiefebene des Cheliffstromes hinab, über eine kleine steile Anhöhe, die ganz mit Jasmin, Tujas, Johannisbrotbäumen und wilden Oliven bewachsen war, an zwei Reihen kleiner Gärten von Eingeborenen entlang und Tausenden lustig rieselnder Quellen, die behaglich murmelnd von Fels zu Fels hüpften – es war wirklich eine paradiesisch schöne Gegend. Ebenso wie der große Tartarin hatte sich auch Prinz Gregor schwer bewaffnet, außerdem hatte er sich mit einem prächtigen und ganz einzigartigen Käppi ausstaffiert, das reich mit Goldschnüren geschmückt war und am Rande einen in Silber gestickten Kranz von Eichenblättern trug. So sahen Se. Hoheit wie ein mexikanischer General oder auch wie ein Bahnhofsvorstand aus den Donauländern aus.

Über dieses Käppi konnte sich der Tarasconese gar nicht genug verwundern, und er bat schüchtern um gefällige Aufklärung.

»Es ist dies eine ganz unentbehrliche Kopfbedeckung, wenn man in Afrika reisen will«, erwiderte der Prinz mit ernster Würde. Und nachdem er den Schirm mit dem Rockärmel geputzt hatte, dass er in der Sonne nur so glänzte, setzte er seinem gläubigen Begleiter lang und breit auseinander, welche wichtige Rolle dieses Käppi in unserem Verkehr mit den Arabern spiele, dass die Araber einzig und allein vor diesem Uniformstück Respekt hätten und dass demzufolge auch die Zivilverwaltung von Algerien sich genötigt gesehen habe, alle ihre Beamten, vom Straßenwärter bis zum ersten Bureauvorsteher, mit solchen Mützen zu uniformieren. Wenn man den Prinzen reden hörte, musste man schließlich zu der Überzeugung kommen, dass es zur Verwaltung von Algerien gar nicht eines hellen und klugen Kopfes bedurfte – ja, dass ein Kopf überhaupt überflüssig war. Es genügte zu diesem Zwecke ein Käppi, ein schönes goldverbrämtes Käppi, das auf der Spitze einer Stange glänzt, wie weiland der Hut Gesslers.

Unter solchen höchst erbaulichen und lehrreichen Gesprächen setzte die Karawane ihren Marsch fort. Die Lastträger sprangen – barfuß, wie sie waren – von Stein zu Stein und lärmten und kreischten dabei wie die Affen. Die Waffen in den beiden Kisten rasselten und klirrten, die Flintenläufe blitzten in der Sonne. Die Eingeborenen, die dem Zuge begegneten, beugten sich bis zur Erde vor der wundertätigen Mütze.

Der Chef der arabischen Behörde ging gerade, um die frische Morgenluft zu genießen, mit seiner Gemahlin auf dem Wall von Milianah spazieren, als er den ungewohnten Lärm vernahm; sobald er nun auch noch die Waffen zwischen den Bäumen blitzen sah, glaubte er, einen Handstreich befürchten zu müssen, ließ die Zugbrücke aufziehen, den Generalmarsch schlagen und setzte die Stadt schleunigst in Belagerungszustand.

Das war ja ein recht hübscher Anfang für die Karawane. Unglücklicherweise sah die Sache, noch bevor der Tag zur Rüste ging, schon um vieles misslicher aus. Von den Negern, welche das Gepäck trugen, bekam einer fürchterliche Leibschmerzen, da er das Heftpflaster aus der Reiseapotheke aufgegessen hatte; ein anderer hatte vom Kampferspiritus getrunken und fiel sinnlos berauscht am Wegrande nieder. Der dritte endlich, der das Reisealbum trug, ließ sich durch das goldglänzende Schloss verführen und flüchtete, in dem Glauben, alle Schätze Mekkas davonzutragen, mit seiner Beute, so schnell ihn seine Beine trugen, in den Zaccar. Das konnte nicht so fortgehen, es musste eine Änderung getroffen werden. Die Karawane machte deshalb Halt, und man ließ sich im Schatten eines alten Feigenbaums zur Beratung nieder.

»Ich bin der Ansicht«, meinte der Prinz, indem er, aber ohne Erfolg, versuchte, eine Scheibe Pemmikan in einer Patentkasserole mit dreifachem Boden weich zu kochen,

»ich bin der Ansicht, dass wir uns noch heute Abend unserer schwarzen Lastträger entledigen. Es findet gerade ein arabischer Markt hier in nächster Nähe statt. Das Beste wäre, wir begeben uns dorthin und kaufen einige Burriquots.«

»Nein, nein – keine Burriquots!«, unterbrach ihn der große Tartarin sehr lebhaft, dem die Erinnerung an Noiraud das Blut in den Kopf getrieben hatte.

Und er fuhr mit heuchlerischem Bedauern fort:

»Wie wollen Sie es über sich gewinnen, den kleinen Tieren unser ganzes Gepäck aufzubürden. Das können die Tierchen gar nicht ertragen.«

Der Prinz lächelte.

»Oh, darin irren Sie sich, mein verehrungswürdiger Freund! So schwach und gebrechlich der algerische Burriquot auch aussieht, so hat er doch ein sehr festes Rückgrat. Und er braucht es auch, um all das tragen zu können, was er tragen muss. Fragen sie nur einmal die Araber. Wissen Sie, wie sie unsere koloniale Organisation einteilen? Passen Sie auf! Am höchsten thront, so sagen sie, der Herr Gouverneur mit einem großen Stock, und mit diesem schlägt er den Generalstab. Der Generalstab schlägt, um sich zu rächen, den gemeinen Soldaten; der gemeine Soldat schlägt den Ansiedler, der Ansiedler prügelt den Araber, der Araber gibt die Schläge an den Neger weiter, der Neger schlägt auf den Juden, und der Jude prügelt den Burriquot. Der arme kleine Burriquot aber hat niemand, den er wiederschlagen kann, zieht das Rückgrat ein und erträgt alles mit Geduld. Da wird er wohl auch unsere Kisten noch tragen können. Meinen Sie nicht?«

»Das mag alles sein,« entgegnete Herr Tartarin, »ich bin aber der Ansicht, dass Esel dem Ansehen unserer Karawane nicht zustattenkommen würden. Ich dachte eher an etwas mehr Orientalisches ... Wie wäre es z. B., wenn wir ein Kamel auftreiben könnten ...«

»Nun, ganz wie Sie wünschen«, bemerkten Se. Hoheit, und der Zug schlug die Richtung nach dem arabischen Markte ein.

Der Markt wurde nur wenige Kilometer entfernt an den Ufern des Cheliff abgehalten. Fünf- bis sechstausend zerlumpte Araber hatten sich da eingefunden, die in der Sonnenglut durcheinanderwimmelten und lärmend miteinander feilschten, zwischen hohen irdenen Gefäßen mit schwarzen Oliven, Töpfen mit Honig, Gewürzsäcken und gewaltigen Haufen von Zigarren. Über großen Feuern brieten ganze Hammel am Spieße, und das Fett tropfte zischend und prasselnd in die Flammen; man sah Schlächtereien unter freiem Himmel, wo vollständig nackte Neger, die Füße im Blut und die Hände bluttriefend, mit kleinen Messern ein paar an Stäben hängende junge Ziegen zerstückelten. In einer Ecke hatte sich unter einem mit Flicken in tausenderlei Farben ausgebesserten Zelte ein maurischer Schreibkundiger niedergelassen; er hatte ein großes Buch vor sich und eine Brille auf der Nase. In der Nähe drängte sich eine sehr erregte und laut schreiende Menschenmenge; da war nämlich ein Roulettspiel errichtet auf einem umgestürzten Getreidemaß, und Kabylen schlitzten sich da den Bauch auf. Weiter unten erscholl wildes Getrampel und Gelächter, man hatte nämlich einen jüdischen Kaufmann entdeckt, der mit seiner Eselin in den Cheliff gestiegen war und nun mit dem Ertrinken kämpfte ... Dazu Skorpionen, Hunde, Raben und besonders Fliegen! ... Fliegen!

Aber was war das, es gab ja gar keine Kamele! Endlich, nach langem Suchen, entdeckte man eins, das M'zabiten los zu werden suchten. Es war das echte Kamel der Wüste, das Kamel, wie es im Buche steht, kahl, mit seinem traurigen Blicke, seinem langen Beduinenschädel und seinem Höcker, der aber von allzu langem Fasten schon ganz schlaff geworden war und melancholisch zur Seite hing.

Tartarin fand es so schön, dass er wünschte, die ganze Karawane sollte darauf reiten ... Noch immer die Orientschwärmerei!

Das Tier kauerte sich nieder, und man schnallte die Gepäckstücke auf seinem Rücken fest. Der Prinz nahm auf dem Halse des Tieres Platz. Tartarin aber ließ sich, des majestätischen Eindrucks wegen, hinauf auf den Höcker zwischen zwei Kisten heben. Stolz und würdevoll grüßte er von da mit gnädiger Handbewegung alle Besucher des Marktes, die herbeigeeilt waren, dann gab er das Zeichen zum Aufbruch. Donnerwetter! Wenn die guten Leute in Tarascon ihn doch so hätten sehen können!

Das Kamel richtete sich auf, hob seine langen, knotigen Beine und setzte sich in Bewegung.

O Schrecken! Schon nach einigen Schritten wurde Tartarin bleich und fühlte, dass er unwohl wurde. Der heldenhafte Fez nahm der Reihe nach die alten bekannten Lagen ein, wie damals an Bord des »Zuaven«. Dieses verdammte Kamel schaukelte wie eine Fregatte.

»Prinz, Prinz«, murmelte Tartarin ganz leichenblass und klammerte sich krampfhaft an das vertrocknete Fell des Höckers; »Prinz, um Gottes willen – steigen wir herunter! Ich fühle – ich fühle – Frankreich kann hier oben nicht mit Ehren bestehen, es wird sich übergeben müssen.«

Da war aber schwer zu helfen. Das Kamel war nun einmal im Schuss und konnte nicht mehr zum Stehen gebracht werden. Viertausend Araber liefen barfuß hinterdrein, gestikulierten, schrien, lachten wie die Besessenen und ließen sechshunderttausend weiße Zähne in der Sonne glänzen.

Der große Mann aus Tarascon musste sich darein ergeben. Traurig sank er auf dem Höcker des Kamels zusammen. Der Fez befand sich bald in den sonderbarsten Lagen – und Frankreich musste sich übergeben.

Auf Anstand im Lorbeerhain

So malerisch sich ihr neues Reittier auch ausnahm, unsere Löwenjäger mussten doch aus Rücksicht auf den Fez darauf verzichten. Man setzte also, wie zuvor, den Weg wieder zu Fuße fort. In kleinen Tagemärschen bewegte sich die Karawane gemächlich in südlicher Richtung vorwärts – voran der Tarasconese, hinten der Montenegriner und in der Mitte das Kamel mit den Waffenkisten.

Fast einen Monat lang befand man sich bereits unterwegs. Während dieses ganzen Monats zog der tapfere Tartarin von Siedelung zu Siedelung durch die große vom Cheliff durchflossene Tiefebene, immer auf der Suche nach den Löwen, die sich durchaus nicht finden lassen wollten; nach allen Richtungen durchstreifte er das grausige und seltsame französische Algerien. Hier vereinigen sich die Düfte des alten Orients mit Kasernendunst und Absinthgeruch, halb Abraham, halb Zuave, halb Märchenstück, halb Hanswurstiade, wie eine Seite aus dem alten Testament, erzählt vom Sergeanten La Ramée oder dem Unteroffizier Pitou.

Welch seltsames Schauspiel für den, der Augen hat, zu sehen. Ein wildes, zugrunde gehendes Volk, das wir zu zivilisieren meinen, indem wir ihm alle unsere Laster beibringen. Die brutale Willkür und unbeschränkte Macht märchenhafter Paschas, die sich mit vieler Würde der Bänder des Kreuzes der Ehrenlegion bedienen, wenn sie sich schnäuzen, und die wegen eines Ja oder eines Nein ihre Untertanen auspeitschen lassen. Die gewissenlose Rechtsprechung von Kadis mit großen Brillen, die, als echte Heuchler vor dem Koran und dem Gesetze, von nichts träumen, als vom 15. August [1] und der an diesem Tage zu erhoffenden Beförderung, und dabei ihre Urteilssprüche, wie Esau sein Recht der Erstgeburt, für ein Linsengericht oder für gezuckerten Kouskous verkaufen.

Da sieht man liederliche und dem Trunke ergebene Kaids, die sicher ehemals Stiefelputzer bei irgendeinem

[1] [Geburtstag Napoleons I.]

früheren General Jussuf oder Achmed waren, und die nun mit eingeborenen Wäscherinnen Champagnergelage feiern und Hammelbraten schlemmen, während draußen vor ihren Zelten der ganze Stamm schon mit dem Hungertode ringt und den Hunden die Reste von der Tafel des Herrn streitig macht.

Ringsumher Landstrecken, die brach liegen, von der Sonne verbrannte Wiesen, kahles Gestrüpp, Kaktus- und Pistazien-Dickichte, wo Getreide in vollen Ähren stehen sollte. Die Kornkammer Frankreichs! Eine Kornkammer ohne Korn, aber voll von Schakalen und Ungeziefer aller Art. Fortwährend trifft man auf verlassene Siedelungen, aussterbende Stämme, die auf der Flucht vor dem Hunger umherirren und ihren Weg mit Leichen bezeichnen. Hin und wieder kommt man an ein französisches Dorf, dessen Häuser nur noch Trümmerhaufen gleichen, dessen Felder unbestellt sind, eine Beute der Heuschreckenschwärme, die alles mit Stumpf und Stiel auffressen – die Ansiedler selbst sitzen in den Schenken, trinken ihren Absinth und schwatzen klug über allerhand Reformprojekte und über die Verfassung.

Das alles hätte, wie gesagt, Tartarin sehen können, wenn er sich die Mühe gegeben hätte; er hatte aber nichts anderes als seine Löwen im Kopfe; so marschierte denn der Mann aus Tarascon immer weiter, sah nicht nach rechts und nicht nach links, sondern hatte das Auge hartnäckig auf jene Ungeheuer seiner Einbildung gerichtet, die sich durchaus nicht blicken lassen wollten.

Da der Schattenspender sich nun einmal nicht aufklappen ließ, und da die Bouillontafeln nicht weich zu bekommen waren, so war die Karawane gezwungen, früh und abends in den Lagern der Stämme einzukehren.

Unsere Jäger wurden, dank des Käppi des Prinzen Gregor, überall mit offenen Armen aufgenommen. Sie wohnten stets bei den Häuptlingen, deren sonderbar eingerichtete Residenzen großen, weißen, fensterlosen Bauernhöfen glichen, wo man in buntem Durcheinander türkische Nargilehs und Möbel aus Mahagoniholz fand, Teppiche aus Smyrna und Moderateurlampen, Truhen aus Zedernholz, gefüllt mit türkischen Zechinen und Stutzuhren mit Figuren im Stile Louis Philipps. Überall veranstaltete man zu Ehren Tartarins die glänzendsten Feste. Ihm zu Ehren paradierte die waffenfähige Mannschaft jedes Stammes; es wurde dabei viel geschossen, und die weißen Burnusse leuchteten im hellen Sonnenglanz. Wenn dann genügend Pulver verknallt war, kam der gute Häuptling und präsentierte seine Rechnung ... Das nennt man arabische Gastfreundschaft.

Und immer noch keine Löwen! Nicht mehr Löwen, als auf dem Pont-Neuf in Paris.

Trotzdem ließ der Tarasconese aber den Mut nicht sinken. Immer weiter drang er tapfer nach Süden vor und brachte seine Zeit damit hin, die Gebüsche zu durchsuchen, stieß mit dem Gewehrlaufe an die Zwergpalmen und machte, so oft er an einem Dickicht vorbeikam: »Ksch! Ksch!« Abend für Abend ging er dann, bevor er sich schlafen legte, ein bisschen auf den Anstand, so zwei bis drei Stunden. Verlorene Mühe! Kein Löwe zeigte sich!

Als jedoch die Karawane eines Abends, etwa um die sechste Stunde, ein Pistazienwäldchen durchzog, in dem dicke, von der Hitze fast betäubte Wachteln im Grase hin und herhüpften, glaubte Tartarin – ganz leise, ganz entfernt, vom Winde nur eben herübergetragen – jene Töne zu hören, denen er daheim in Tarascon so oft gelauscht, hinter Mitaines Menagerie.

Zuerst wollte der Held seinen Ohren kaum trauen. Aber im selben Augenblick wiederholte sich das Brüllen; es war noch immer weit entfernt, aber deutlicher zu unterscheiden. Als nun ringsum in den Gehöften die Hunde zu bellen anfingen, begann auch das Kamel, von furchtbarer Angst gepackt, zu zittern, sodass die Konserven und die Waffenkisten erklirrten.

Es konnte nun kein Zweifel mehr sein. Es war ein Löwe! ... Schnell, nur schnell auf den Anstand! Keine Minute war zu verlieren!

In nächster Nähe befand sich ein alter Marabut, die kleine Grabkapelle eines muhammedanischen Heiligen. Seine weiße Kuppel war weithin sichtbar; die großen gelben Pantoffeln des Verstorbenen standen in einer Nische über dem Eingange, und eine Menge dem Toten gewidmeter Gegenstände hingen an den Wänden: große Stücke Burnus, Goldfäden, rote Haare usw.

Hier brachte Tartarin seinen Prinzen und sein Kamel unter, während er selbst sich nach einem Platz zum Anstand umsah. Prinz Gregor wollte ihn begleiten, aber der Tarasconese wies ihn zurück. Ganz allein wollte er dem Löwen gegenübertreten. Jedenfalls aber bat er Se. Hoheit, sich nicht zu entfernen, und übergab ihm der Vorsicht halber seine mit Wertpapieren und Banknoten gefüllte, dicke Brieftasche – aus Furcht, sie könnte von den Klauen des Löwen vernichtet werden.

Nachdem diese Vorsichtsmaßregel getroffen war, begab sich der Held auf seinen Posten.

Etwa hundert Schritte von dem Marabut verschwamm in den Schleiern der Dämmerung ein kleiner Lorbeerhain an einem fast ganz ausgetrockneten Bach. Hier legte sich Tartarin in den Hinterhalt. Vorschriftsmäßig ließ er sich auf ein Knie nieder, nahm das Gewehr in die Hand und stieß mit stolzer Bewegung sein großes Jagdmesser vor sich in den Sand.

Die Nacht brach herein. Die Abendröte wich einem violetten Schatten, dieser wurde zu einem dunklen Blau, bis endlich vollständige Dunkelheit herrschte.

Unten, zwischen den Kieseln des Baches, leuchtete wie ein Handspiegel eine kleine Wasserlache. Hierhin kamen die gelben Bestien zur Tränke. Am Abhang des jenseitigen Ufers konnte man undeutlich die hellen Spuren verfolgen, die ihre breiten Tatzen durch die Pistazien getreten hatten. Ein leiser Schauder überlief den Jäger, als er diese unheimliche Spur bemerkte. Man bedenke aber auch, was eine Nacht mitten in Afrika bedeutet: wie da ringsum das Getier gespenstig fliegt und kriecht, Äste knacken, wie man die leisen Schritte auf Raub ausgehender Tiere hört, wie von Weitem das Geheul der Schakale herübertönt und wie oben am Himmel, ein bis zweihundert Meter über der Erde, große Züge von Kranichen vorüberziehen, deren Geschrei sich wie das kleiner Kinder anhört, die man erwürgt – man bedenke das, und man wird zugeben müssen, dass dabei auch dem Beherzten der Mut schwinden kann. Und so geschah es Tartarin. Sein ganzer Mut war wie mit einem Schlage zum Teufel gegangen. Dem armen Mann klapperten die Zähne. Und auf dem Stichblatt seines im Erdboden steckenden Jagdmessers klirrte und klapperte der Lauf seines gezogenen Gewehres wie Kastagnetten.

Übrigens, wer will ihm das auch verübeln? Es gibt eben Abende, an denen man sich nicht so recht aufgelegt fühlt, und wo würde denn das besondere Verdienst des Helden liegen, wenn er überhaupt nicht wüsste, was Furcht ist? Offengestanden! Ja, Tartarin hatte Furcht! Er fürchtete sich, seitdem er sich auf den Anstand begeben hatte. Nichtsdestoweniger hielt er eine Stunde, zwei Stunden lang aus – aber auch der Heroismus hat seine Grenzen. Ganz in seiner Nähe, im Bett des fast ausgetrockneten Baches, hörte der Tarasconese plötzlich das Geräusch von Schritten und das Rollen von Steinen. Da hielt er es nicht länger aus. Furchtbar erschrocken sprang er auf, feuerte auf gut Glück seine zwei Schüsse in die Nacht hinein und lief, so schnell ihn seine Füße tragen konnten, nach dem Marabut; und sein Messer ließ er im Sande stecken, gewissermaßen als Wahrzeichen der fürchterlichsten Angst, die jemals das Gemüt eines Löwenbezwingers ergriffen hat.

»Zu Hilfe! Prinz – der Löwe!«

Tiefes Schweigen ringsum.

»Prinz! Prinz! Wo sind Sie denn?«

Der Prinz war nicht da. An dem weißen Gemäuer des Marabut warf allein das Kamel mit seinem Höcker im

Mondlicht einen höchst seltsamen Schatten. Der Prinz Gregor hatte es vorgezogen, sich aus dem Staube zu machen und die Brieftasche mit den Banknoten mitzunehmen.

Seit einem Monat hatten Se. Hoheit nur auf eine günstige Gelegenheit dazu gewartet.

Endlich!

Am Morgen nach diesem so abenteuerlichen und auf so tragische Weise endenden Abend erhob sich unser Held ziemlich früh von seinem Lager. Als er die unumstößliche Gewissheit erlangt hatte, dass sowohl der Prinz als auch sein ganzes Geld auf Nimmerwiedersehen entschwunden waren, als er sich allein in dieser kleinen, weißen Grabkapelle sah - verraten, bestohlen, verlassen, mitten im wilden Algerien, ganz allein mit einem dummen einhöckerigen Kamel und mit nur wenigen Franken in der Tasche, als einziger Unterstützung und Hilfe - da stiegen zum ersten Mal Zweifel in der Seele des Tarasconesen auf. Er zweifelte an Montenegro, er zweifelte an der Freundschaft, er zweifelte am Ruhm, ja er zweifelte sogar an der Existenz der Löwen - und der große Mann erhob, wie Christus in Gethsemane, sein Angesicht und weinte bitterlich.

So saß er noch lange vor der Türe des Marabut in tiefes Nachdenken versunken; den Kopf in beiden Händen, das Gewehr zwischen den Knien, und starrte vor sich hin; das Kamel sah ihn teilnahmsvoll und mitleidig an. Da plötzlich teilte sich das gegenüberliegende Gebüsch, und Tartarin erblickte, starr vor Staunen, nur zehn Schritte vor sich einen riesigen Löwen. Das Tier hob seinen mächtigen Kopf, schüttelte die Mähne und stieß ein furchtbares Gebrüll aus, dass die Mauern des Marabut, all das Flitterwerk daran und sogar die Pantoffeln des Heiligen in ihrer Nische zitterten.

Wer jetzt aber nicht zitterte, das war der Tarasconese ...

»Endlich!«, schrie er, sprang auf, riss den Kolben an die Wange – piff! Paff! Piff! Paff! Da war's geschehen. Der Löwe hatte zwei Sprenggeschosse im Kopf ... eine Minute lang gab es gegen den flammenden Hintergrund des afrikanischen Himmels ein schreckliches Feuerwerk von umherspritzendem Gehirn, rauchendem Blut und nach allen Seiten zerstreuten Fetzen von dem gelben Fell. Dann sank alles in sich zusammen.

Als sich der Rauch verzogen hatte, sah Tartarin zwei große wütende Neger mit geschwungenen Knütteln auf sich zueilen. Himmel! Die beiden Neger aus Milianah.

O Schrecken! Es war der abgerichtete Löwe, der arme Blinde aus Mohammeds Kloster, dem die tarasconischen Kugeln den Garaus gemacht hatten!

Diesmal, bei Mohammed! Sollte Tartarin ihrer Rache nicht entgehen. Die beiden schwarzen Bettelbrüder hätten ihn in ihrer fanatischen Wut sicherlich in Stücke gehauen, wenn ihm der Gott der Christen nicht einen Schutzengel gesandt hätte in Gestalt des Feldhüters der Gemeinde Orleansville, der mit dem Säbel in der Faust auf einem Feldweg daherkam.

Als sie das Käppi des Beamten sahen, legte sich plötzlich der Zorn der Neger. Ruhig und würdevoll nahm der Mann mit dem Amtsschild am Ort des Verbrechens den Tatbestand auf, ließ auf das Kamel laden, was vom Löwen übrig geblieben war, befahl den Klägern sowohl wie dem Beklagten, ihm zu folgen, und schlug die Richtung nach Orleansville ein, wo alles der Gerichtskanzlei übergeben wurde.

Es kam zu einem langwierigen und schrecklichen Verfahren. Bisher hatte Tartarin von Tarascon nur das Algerien der Stämme auf seinem Zuge durch die Siedlungen kennengelernt, jetzt machte er Bekanntschaft mit einem anderen, nicht minder seltsamen, nicht minder gefährlichen, dem Algerien der Städte, mit ihrem Gerichts- und Advokatenwesen. Jetzt erfuhr er, was es heißt, wenn die Hüter der Gerechtigkeit nach beiden Seiten schielen und sich ihre Ansicht über den Streitfall in den Cafés zu bilden suchen, wenn die Richter versumpfen, die Akten nach Absinth riechen, die weißen Krawatten mit Champoreau befleckt sind; er lernte die Gerichtsvollzieher, die Anwälte, die Notare kennen – all dieses Gelichter der Stempelbogen, das wie magere ausgehungerte Heuschrecken den Ansiedler aufzehrt bis auf die Stiefelschäfte und erst von ihm ablässt, wenn es ihn wie eine Maispflanze Blatt für Blatt aufgefressen hat. Vor allen Dingen musste klargestellt werden, ob der Löwe auf dem Gelände des Zivilfiskus oder des Militärfiskus erschossen worden war. Im ersten Falle gehörte der Prozess vor ein Zivilgericht, im andern Falle jedoch musste Tartarin vor ein Kriegsgericht gestellt werden, und bei dem bloßen Erwähnen des Kriegsgerichts sah sich der doch gewiss nicht leicht einzuschüchternde Tarasconese im Geiste schon erschossen am Fuße eines Walles oder in einer dunklen feuchten Kasematte umkommen.

Das Schlimme an der Sache war, dass in Algerien die Grenze zwischen den beiden Gebieten nur sehr schwer festzustellen ist. Nachdem ein Monat mit Verhandlungen und Intrigen verbracht war und der Angeschuldigte sich oft in den Höfen der arabischen Gerichtsgebäude den sengenden Strahlen der Sonne hatte aussetzen müssen, wurde endlich eine Entscheidung dahin getroffen: dass der Löwe zwar auf dem Gebiete des Militärfiskus getötet worden sei, andererseits aber Tartarin, als er den Schuss abfeuerte, sich auf dem Gebiete des Zivilfiskus befunden habe. Die Sache wurde also vor dem Zivilgericht verhandelt und unser Held zu einem Schadenersatz von zweitausendfünfhundert Franken verurteilt, ohne die Kosten.

Du lieber Himmel! Wie sollte er eine so große Summe erschwingen? Die wenigen Piaster, die dem Raubzug des Prinzen entgangen waren, hatte er längst für amtliche Papiere und Gerichtsabsinth ausgegeben. Es blieb dem unglückseligen Löwentöter nichts weiter übrig, als den Inhalt seiner Waffenkisten im Einzelnen zu verkaufen, Gewehr für Gewehr. Auch an die Schlagringe kam die Reihe, an die malayischen Krise, an die Keulen. Ein Krämer kaufte die Konserven, ein Drogenhändler, was von dem Heftpflaster noch übrig war. Selbst die großen Jagdstiefeln musste er losschlagen; sie gingen wie auch der so wunderbar konstruierte Schattenspender in den Besitz eines Trödlers über, der sie zu Kuriositäten aus Cochinchina erhob.

Nachdem alles bezahlt war, blieb Tartarin nur noch das Löwenfell und das Kamel. Das Fell verpackte er sorgfältig und sandte es nach Tarascon an die Adresse des tapferen Kommandanten Bravida. (Wir werden gleich hören, was die Absendung dieses fabelhaften Beutestückes für Folgen hatte.) Das Kamel sollte ihm dazu dienen, dass er wieder nach Algier zurückkehren könnte, nicht etwa, indem er es bestieg - an dem ersten Kamelritt hatte er gerade genug gehabt - sondern indem er es verkaufte und mit dem Erlös den Postwagen bezahlte, was immer noch die beste Art ist, mit Kamelen zu reisen. Unglücklicherweise war das Tier aber schwer los zu werden, niemand wollte ihm einen Heller dafür bieten.

Tartarin wollte jedoch mit aller Gewalt wieder nach Algier zurück. Es drängte ihn, das blaue Jäckchen Bajas wiederzusehen, sein Häuschen, seine Springbrunnen; er wollte wieder unter den weißen Kleeblattbögen seines kleinen Hofes der Ruhe pflegen und dabei auf das Geld warten, das ihm aus Frankreich nachgesandt werden sollte.

Unser Held zögerte denn auch nicht länger mehr. Er war gebeugt, aber nicht gebrochen, und so machte er sich auf, ohne einen Pfennig Geld in der Tasche, den ganzen weiten Weg in kleinen Tagemärschen zu Fuße zurückzulegen.

In dieser misslichen Lage hielt das Kamel treu bei ihm aus. Dieses Tier hatte für seinen Herrn eine sonderbare, unerklärliche Zuneigung gefasst, und als es ihn aus den Toren von Orleansville marschieren sah, ging es fromm hinter ihm her, hielt immer gleichen Schritt mit ihm und wich keinen Fußbreit von seiner Seite.

Im ersten Augenblick fand Tartarin das rührend. Diese Treue, diese Anhänglichkeit in allem Unglück ging ihm zu Herzen; außerdem war das Tier sehr anspruchslos, es nährte sich fast von nichts. Nach einigen Tagen jedoch fand es der Tarasconese schon sehr langweilig, immer diesen trübseligen Begleiter auf den Fersen zu haben, der ihn fortwährend an all sein Missgeschick erinnerte. Dann, als auch ein gewisser Ärger über das Tier hinzukam, verdachte er ihm seine stets traurige Miene, seinen Buckel und seine ganze Gestalt, die ihn an eine zusammengebundene Gans erinnerte. Um es gerade herauszusagen, er wurde ihm gram und sann nur noch darüber nach, wie er sich seiner entledigen könnte; aber das Tier blieb ihm treu.

Tartarin suchte sich zu verstecken, das Kamel fand ihn immer wieder; er begann zu laufen, das Kamel lief noch schneller ... Er schrie: »Pack dich!«, und warf es mit Steinen. Das Kamel blieb stehen, sah ihn vorwurfsvoll an, setzte sich aber nach einem Augenblick wieder in Bewegung und blieb immer auf seinen Fersen. Tartarin musste jede Hoffnung aufgeben.

Endlich, nach acht langen Marschtagen sah der bestäubte und abgemattete Tarasconese von Weitem die ersten weißen Terrassen Algiers durch das Grün der Bäume schimmern. Als er sich nun dicht vor den Toren der Stadt auf der belebten Straße von Mustapha befand, inmitten von Zuaven und Eingeborenen, die ihn umdrängten und musterten, als er mit seinem Kamel vorüberzog, da ging ihm plötzlich doch die Geduld aus.

»Nein! Nein!« rief er, »es ist unmöglich. Ich kann in Algier nicht mit solchem Tiere meinen Einzug halten.« Im Wagengewirr wusste er sich den Blicken seines vierbeinigen Gefährten zu entziehen, schwenkte aufs Feld ab und warf sich in einen Graben.

Einen Augenblick danach sah er über seinem Kopfe auf der großen Heerstraße das Kamel weitertraben. Es streckte seinen Hals weit aus, blickte sich ängstlich nach allen Seiten um und eilte, so schnell es konnte, vorwärts.

Als es aus Sehweite war, kroch unser Held aus seinem Verstecke hervor; es war ihm eine schwere Last vom Herzen genommen. Nun kehrte er auf einer kleinen Nebenstraße, die an der Mauer seines Häuschens entlang führte, nach Algier zurück.

Katastrophen über Katastrophen

Als Tartarin vor seinem maurischen Häuschen anlangte, blieb er ganz erstaunt stehen. Der Tag neigte bereits seinem Ende zu, und die Straße war menschenleer. Durch die kleine spitzbogige Tür, die die Negerin offenbar zu schließen vergessen hatte, hörte man Lachen, Gläserklingen, das Knallen von Champagnerpfropfen und, diesen ganzen lustigen Lärm übertönend, auch eine fröhliche und frische Frauenstimme, die sang:

»Willst du, Marco la belle,
Tanzen in den Blumensälen ...«

»Himmlischer Vater!«, schrie der Tarasconese und erbleichte. Mit einem Satze befand er sich in dem Hofe.

Unglückseliger Tartarin! Welch ein Schauspiel harrte hier deiner! Unter den Arkaden, die sich rings um den kleinen Hof zogen, mitten zwischen Weinflaschen, Konfekt, Tabakspfeifen, Tambourins und Gitarren, verstreuten Kissen – stand Baja, ohne blaues Jäckchen und ohne

Leibchen, nur in einem Gazehemdchen mit Silberstickerei und weiten, leichten, rosafarbigen Hosen. Sie hatte die Mütze eines Marineoffiziers keck auf das eine Ohr gedrückt und sang das Lied Marco la belle. Zu ihren Füßen auf einer Matte, trunken von Liebe und Champagner, kein anderer als Barbassou, dieser infame Kapitän Barbassou; er lauschte auf den Gesang und wand sich dabei vor Lachen.

Diese Turco-Marseiller Orgie wurde auf recht unliebsame Weise durch Tartarins Erscheinen unterbrochen. Er sah bleich, abgemagert und bestäubt aus, seine Augen blitzten und der Fez sträubte sich empor. Baja stieß einen leisen Schrei aus, wie ein erschrecktes Windspiel, und flüchtete sich ins Haus. Barbassou ließ sich jedoch nicht im Mindesten stören; er lachte womöglich noch lauter und rief:

»Hahaha! Sie sind es, Herr Tartarin? Na, was sagen Sie jetzt! Hatte ich nicht recht damit, dass sie sehr gut Französisch versteht?«

Wie ein Rasender sprang Tartarin von Tarascon auf ihn zu.

»Kapitän!«

»Sagen Sie ihm, mein Lieber, dass ich mich auf diese Weise an ihm gerächt habe«, rief im echten Marseiller Dialekt die Maurin von der Galerie des ersten Stockwerks herab mit einer niedlichen spitzbübischen Geste. Der bedauernswerte, ganz zerschmetterte Mann ließ sich auf einen Diwan nieder. Seine Maurin sprach sogar in dem Dialekt von Marseille.

»Habe ich Ihnen nicht gleich gesagt, Sie sollten den algerischen Damen nicht trauen?«, meinte äußerst richtig Kapitän Barbassou. »Das ist dieselbe Geschichte wie mit Ihrem montenegrinischen Prinzen.«

Tartarin erhob den Kopf.

»Sie wissen, wo der Prinz ist?«

»Oh, er ist nicht weit von hier. Er wohnt jetzt für fünf Jahre in dem schönen Gefängnis zu Mustapha. Der Dummkopf ließ sich auf frischer Tat ertappen, gerade als er seine Hand in einer fremden Tasche hatte. Man hat ihn jetzt übrigens nicht zum ersten Male kaltgestellt. Seine Hoheit saßen bereits drei Jahre lang im Gefängnis, und zwar in – in – warten Sie einmal, jawohl, in Ihrem Tarascon.«

»In Tarascon!«, schrie Tartarin entsetzt. Jetzt ging ihm plötzlich ein Licht auf. »Also deshalb kannte er die Stadt nur von einer Seite ...«

»Nun ja, ohne Zweifel! – Tarascon, vom Gefängnis aus gesehen. Ach, mein armer Herr Tartarin; man muss in diesem verdammten Lande die Augen hübsch offen haben, sonst ist man den unangenehmsten Dingen ausgesetzt ... Auch Ihre Geschichte mit dem Muezzin ...«

»Was ist das für eine Geschichte? Mit welchem Muezzin?«

»Ei, zum Henker! Dem Muezzin da drüben, der Ihrer Baja fortwährend den Hof gemacht hat. Der ›Akbar‹ hat die Geschichte ja am Tage nach Ihrer Abreise erzählt, und ganz Algier lacht heute noch darüber. Also dieser Teufelskerl von Muezzin hat, indem er anscheinend seine Gebete von oben, von seinem Turme herunterplärrte, in Wirklichkeit vor Ihrer Nase Ihrer Kleinen Liebeserklärungen gemacht und beim Anrufen Allahs Stelldicheine mit ihr verabredet.«

»Aber gibt es denn in diesem Lande nichts als Gauner?«, brüllte voller Erbitterung der unglückliche Tarasconese. Barbassou machte ein philosophisches Gesicht.

»Mein lieber Freund, wissen Sie – das ist nun einmal nicht anders in den Ländern, die noch nicht lange zivilisiert sind. Das darf Sie aber weiter nicht grämen. Folgen Sie meinem Rate! Glauben Sie mir, Sie tun am besten, wenn Sie so schnell wie möglich nach Tarascon zurückkehren.«

»Zurückkehren? ... Das ist leicht gesagt ... Und das Geld? Sie scheinen gar nicht zu wissen, wie sie mich da unten in der Wüste gerupft haben?«

»Oh, wenn's weiter nichts ist«, meinte der Kapitän lachend. »Der ›Zuave‹ geht morgen wieder in See. Wenn es Ihnen recht ist, nehme ich Sie mit heim; einverstanden, Landsmann? Also abgemacht! Demnach hätten Sie hier nur noch eins zu tun. Es sind noch ein paar Flaschen Champagner und eine halbe Pastete übrig ... setzen Sie sich also, ohne Groll! ...«

Der Tarasconese hielt es, seiner Würde entsprechend, für nötig, einen Augenblick zu zögern; dann aber war er mit dem Vorschlage einverstanden. Er setzte sich nieder, man trank; Baja kam, als sie die Gläser klingen hörte, auch wieder zum Vorschein, sang das Lied von der schönen Marco zu Ende und so amüsierten sich die drei ganz vortrefflich bis spät in die Nacht hinein.

Um drei Uhr morgens hatte der gute Tartarin seinen Freund, den Kapitän, nach Hause begleitet, und als er nun wieder heimkehrte, kam er an der Moschee in seiner Nachbarschaft vorbei. Bei der Erinnerung an den Muezzin und dessen lustige Streiche musste er laut auflachen, und ein köstlicher Gedanke, sich an dem Bösewicht zu rächen, durchzuckte sein Hirn. Die Türe des Gebäudes war offen; er trat ein, ging durch lange Gänge, die mit Matten belegt waren, stieg eine Treppe hinauf, und noch eine Treppe und gelangte schließlich in eine kleine türkische Betstube, die von einer an der Decke hängenden eisernen Laterne beleuchtet wurde; die im Zimmer befindlichen Gegenstände warfen bei dem schwankenden Lichte die seltsamsten Schatten gegen die weißen Wände.

Hier lag auf einem Diwan der gesuchte Muezzin, mit einem großen Turban und weißem Mantel. Er rauchte aus einer langen Pfeife, hatte eine Flasche mit Absinth vor sich und vertrieb sich die Zeit bis zu der Stunde, da er die Gläubigen zum Gebete rufen musste, höchst andächtig mit dem allmählichen Leeren der Flasche.

Als er Tartarin so plötzlich vor sich sah, ließ er vor Schreck die Pfeife fallen.

»Kein Wort, Priester!«, rief der Tarasconese, der auf der Ausführung seines Planes bestand. »Schnell, gib mir deinen Turban, deinen Mantel!«

Der türkische Geistliche gab, zitternd vor Angst, seinen Turban und seinen Mantel her, und hätte ihm überhaupt alles gegeben, was er sonst noch verlangt hätte. Tartarin bekleidete sich schnell damit und trat dann würdevoll auf die Zinne des Minaretts hinaus.

Von Weitem leuchtete das Meer herüber. Vom Mondschein übergossen lagen die weißen Dächer unter ihm. Ein leichter Wind trug einzelne, leise verhallende Gitarrentöne durch die Luft ...

Der tarasconische Muezzin dachte einen Augenblick nach, dann breitete er beide Arme aus und begann mit näselnder Stimme zu singen:

»Allah il Allah! Mahommed ist ein alter Hanswurst! Der Orient, der Koran, die Paschas, die Löwen, die Maurinnen - sie sind alle zusammen keinen Pfifferling wert! .... Es gibt gar keine Türken mehr, es gibt nur noch Schwindler! .... Es lebe Tarascon!«

Und indem der erhabene Tartarin diese drollige tarasconische Verwünschung in einer seltsamen Sprache, die halb aus Arabisch und halb aus Provençalisch bestand, nach allen vier Himmelsrichtungen, nach dem Meere, der Stadt, der Ebene und dem Gebirge zu hinausplärrte, antworteten ihm die hellen und lauten Stimmen der anderen Muezzins, der Morgenruf pflanzte sich fort von Minarett zu Minarett, und die Gläubigen in der oberen Stadt schlugen sich andächtig an die Brust.

Tarascon! Tarascon!

Es ist um die Mittagsstunde. Der »Zuave« steht unter Dampf, alles ist zur Abreise bereit. Oben auf dem Balkon des Café Valentin nehmen die Offiziere das Fernrohr zur Hand und mustern, der Oberst zuerst und die andern ihrem Rang nach, das kleine Paketboot und seine Insassen, die so glücklich sind, nach dem schönen Frankreich zurückkehren zu können. Das ist nämlich so ziemlich die einzige Zerstreuung, die die Offiziere der Garnison haben.

Auf der Reede leuchtet und blitzt es; die Bodenstücke der alten türkischen Kanonen, die längs des Quais in der Erde versenkt stehen, glänzen in der Sonne. Die Passagiere drängen sich; Neger und Araber schleppen die Gepäckstücke in ihre Barken und rudern sie nach dem Dampfschiff hinüber. Tartarin aus Tarascon hat keinerlei Gepäck. Da kommt er die Rue de la Marine quer über den kleinen mit Bananen und Wassermelonen bepflanzten Platz herab, begleitet von seinem Freunde Barbassou.

Der bedauernswerte Tarasconese! Am maurischen Gestade hat er seine Waffenkisten und seine Illusionen zurücklassen müssen, und jetzt ist er dabei, die Rückreise nach dem fernen Tarascon anzutreten - die Hände in den leeren Taschen. Eben war er in die Schaluppe des Kapitäns gesprungen, als ein Tier atemlos quer über den Platz gerast kam und im Galopp auf ihn losstürzte. Es war das Kamel, das treue Kamel, das seinen Herrn seit vierundzwanzig Stunden in Algier suchte.

Tartarin erbleichte, als er es sah; er tat so, als kenne er es nicht. Aber das Kamel war hartnäckig; es lief längs des Quais auf und nieder, es wandte sich an seinen Freund und blickte ihm zärtlich an.

»Nimm mich doch mit!« schien sein trauriger Blick zu stehen; »nimm mich doch mit in die Barke, weit, ganz weit weg aus diesem Arabien aus angemalter Pappe, aus diesem lächerlichen Orient voller Lokomotiven und Postwagen. Was soll sonst aus mir armen, missachteten Kamel noch werden? Du bist der letzte Türke, ich bin das letzte Kamel. Wir wollen uns niemals trennen, mein lieber Tartarin!«

»Gehört Ihnen das Kamel?«, fragte der Kapitän.

»Nein, nein!«, rief Tartarin, der schon bei dem bloßen Gedanken zitterte, in Tarascon mit diesem lächerlichen Gefolge einzuziehen. Er verleugnete schamlos den Genossen seines Missgeschicks und stieß vom algerischen Boden ab. Das Kamel beschnupperte das Wasser, dann streckte es seinen Hals weit aus, reckte und dehnte sich und sprang hinter der Barke ins Wasser und schwamm wie ein Beiboot auf den »Zuaven« zu. Sein Höcker glich einem im Wasser treibenden Flaschenkürbis und der lange Hals einem Schiffsschnabel.

Schaluppe und Kamel langten gleichzeitig an den Längsseiten des Paketbootes an.

»Wissen Sie was?«, sagte der Kapitän Barbassou in einer Anwandlung von Mitgefühl zu seinem Begleiter; »das Kamel tut mir leid. Ich werde es mit an Bord nehmen. Wenn wir in Marseille angekommen sind, werde ich es dem zoologischen Garten verehren.«

Mit Winden und Stricken wurde das getreue Kamel, das vom starken Seewasser halb betäubt war, auf Deck gehisst, und der »Zuave« dampfte ab.

Die zwei Tage, die die Überfahrt dauerte, brachte Tartarin ganz allein in seiner Kabine zu, nicht etwa weil die See unruhig gewesen wäre oder weil der Fez zu viel zu leiden gehabt hätte, sondern einzig und allein wegen des verdammten Kamels, das seinen Herrn, als er sich nur einmal auf dem Verdeck zeigte, mit Beweisen einer lächerlichen Zuneigung überhäufte. Solch ein anhängliches Kamel ist noch nicht da gewesen.

An den kleinen runden Fenstern der Kabine drückte Tartarin seine Nase breit und sah, wie mit jeder Stunde der tiefblaue afrikanische Himmel mehr und mehr verblasste, und dann hörte er endlich auch eines Morgens im Nebelgrauen mit Wonne wieder die Glocken von Marseille läuten. Man war am Ziel, der »Zuave« warf die Anker aus.

Da unser Held keinerlei Gepäck hatte, so verließ er das Schiff, ohne weiter ein Wort zu verlieren, eilte durch die Straßen von Marseille, immer in der Angst, auch hier von seinem Kamel verfolgt zu werden, und wagte erst wieder aufzuatmen, als er glücklich in einem Wagen dritter Klasse in dem Zuge nach Tarascon saß.

Ach, die Freude war nur von sehr kurzer Dauer. Der Eisenbahnzug war kaum zwei Meilen von Marseille entfernt, als alle Passagiere die Köpfe zu den Fenstern hinaussteckten. Man schrie und machte seinem Staunen Luft. Tartarin war neugierig, zu sehen, was es da wohl gäbe; und was musste er erblicken? ... Das Kamel, meine Herren, das unvermeidliche Kamel; es lief die Schienen entlang und hielt immer gleichen Schritt mit dem Zuge. Tartarin fand keine Worte bei diesem Anblick; er glaubte sterben zu müssen, lehnte sich in eine Ecke zurück und schloss die Augen. Da seine Expedition so unheilvoll verlaufen war, hatte er sich fest vorgenommen, in aller Stille heimzukehren, aber dieses unglückselige Tier machte ihm einen fürchterlichen Strich durch die Rechnung. Du grundgütiger Himmel! Was musste das für eine Heimkehr werden! Keine Löwen, kein Geld in der Tasche, nichts – nichts als ein Kamel!

»Tarascon! Tarascon!«

Er musste aussteigen.

Was war das? Kaum zeigte sich der rote Fez des Helden an der Wagentüre, als sich ein so lautes Schreien und Jubeln erhob, dass sämtliche Glasscheiben der Bahnhofshalle zitterten.

»Hoch Tartarin! Es lebe der Löwenjäger!« Trompeten schmetterten; und ein Chor begann, eine Jubelhymne zu singen.

Tartarin wusste nicht, wie ihm geschah; zuerst glaubte er, er sei das Opfer einer Täuschung. Aber nein, das konnte nicht sein; ganz Tarascon war ja auf den Beinen, warf die Hüte in die Luft und jubelte. Da war ja auch der tapfere Kommandant Bravida, der früher im Montierungsdepot Dienste getan hatte; der Waffenschmied Costecalde, der Präsident, der Apotheker und die ganze edle Gesellschaft der Mützenjäger, die sich um ihren heimgekehrten Herrn und Meister drängten und ihn im Triumph die Treppe heruntertrugen.

Die Einbildungskraft der Südländer hatte eben auch hier wieder ihre Blüten getrieben – das an Bravida gesandte Fell des blinden Löwen war die eigentliche Ursache dieses ganzen Lärms. Die an sich doch nur sehr bescheidene Ausbeute des Jagdzuges war im Klub ausgestellt worden, und sie hatte zuerst den Tarasconesen, dann allen Südfranzosen den Kopf verdreht. Man hatte die Geschichte im »Semaphore« gelesen. Ein ganzer

Roman war bald dazu erfunden. Tartarin hatte nicht nur diesen einen Löwen geschossen, o nein – er hatte zehn, zwanzig, ein ganzes Schock Löwen erlegt. Als Tartarin in Marseille an Land kam, war er schon, ohne es zu wissen, ein berühmter Mann. Vor zwei Stunden hatte ein begeistertes Telegramm seine bevorstehende Ankunft in seiner Vaterstadt angemeldet. Das allgemeine Staunen und Jubeln erreichte seinen Höhepunkt, als man das sonderbare Tier bemerkte, das, mit Staub bedeckt und in Schweiß gebadet, hinter dem Helden einherstolzierte und hüpfend die Bahnhoftreppe herabstieg. Die Tarasconesen glaubten im ersten Augenblick, der Geist der Tarasque sei zurückgekehrt.

Tartarin beruhigte seine Mitbürger.

»Es ist mein Kamel, sagte er.

Und da er sich schon wieder unter dem Einfluss der tarasconischen Sonne befand, jener schönen Sonne, die auch den Harmlosesten zum Lügner macht, so fügte er hinzu, indem er den runzligen Höcker des Tieres zärtlich streichelte: »Das ist ein edles Geschöpf! Es war dabei, als ich meine Löwen schoss!«

Dann ergriff er sehr vertraulich den Arm des Kommandanten, der ob dieser hohen Ehre ganz rot wurde, und gefolgt von seinem Kamel, umringt von den Mützenjägern, bejubelt von allem Volke, ging er nach seinem hübschen Hause, in dessen Garten der Baobab stand, und noch auf dem Wege begann er schon, von seinen großen Jagden zu erzählen:

»Denkt euch nur,« so fing er an, »eines schönen Abends, mitten in der Sahara ...